La LISTA DE MIS DESEOS

Grégoire Delacourt (Valenciennes, Francia, 1966) fue un reputado publicista antes de escribir su primera novela, *L'écrivain de la famille,* en 2011, que obtuvo varios premios literarios en su país. Pero es sobre todo conocido por su novela *La lista de mis deseos,* un gran éxito de ventas con más de un millón de ejemplares vendidos, publicada en veintisiete países y con una adaptación cinematográfica.
También se han publicado en nuestro país *Las cuatro estaciones del amor* y *Bailar al borde del abismo.* Su última novela, *La mujer que no envejecía,* de próxima publicación, trata el mito de la eterna juventud.

GRÉGOIRE DELACOURT

LA LISTA DE MIS DESEOS

Traducción:
TERESA CLAVEL

EMBOLSILLO

Título original:
La liste de mes envies

Benito Castro, 6
28028 MADRID
www.maeva.es

Esta obra se ha beneficiado del P.A.P. GARCÍA LORCA, Programa de Publicación de CULTURESFRANCE y del Servicio de Cooperación y de Acción Cultural de la Embajada de Francia en España.

1.ª edición: febrero de 2014
2.ª edición: julio de 2016
3.ª edición: marzo de 2020

ISBN: 978-84-18185-10-6
Depósito legal: M-7.089-2020

Diseño e imagen de cubierta: Opalworks
Fotografía del autor: © Sipa Press
Adaptación de cubierta: Gráficas 4, S.A.
Diseño de colección: Toni Inglès
Preimpresión: Gráficas 4, S.A.
Impresión y encuadernación: Novoprint
Impreso en España / Printed in Spain

Para la chica sentada en el coche;
sí, estaba ahí

«Todas las penas están permitidas,
todas las penas son aconsejables;
no hay más que ir, no hay más que amar.»

Le futur intérieur, FRANÇOISE LEROY

Nos mentimos continuamente.

Sé muy bien, por ejemplo, que no soy guapa. No tengo unos ojos azules en los que los hombres se contemplan, en los que desean sumergirse para que te lances a salvarlos. No tengo talla de modelo; soy más bien tía buena, tirando a rolliza. De las que ocupan un asiento y medio. Tengo un cuerpo que los brazos de un hombre de tamaño medio no pueden rodear entero. No poseo la gracia de esas mujeres a las que susurran largas frases acompañadas de suspiros a modo de puntuación, no. Yo provoco más bien la frase breve. La fórmula cruda. El hueso del deseo, sin chicha; sin la grasa confortable.

Todo eso lo sé.

Y aun así, antes de que Jo llegue a casa, a veces subo a nuestra habitación y me planto delante del espejo del armario..., por cierto, tengo que recordarle que lo fije a la pared, si no, el día menos pensado se me vendrá encima durante mi «contemplación».

Una vez allí, cierro los ojos y me desnudo despacio, como nadie me ha desnudado jamás. Siempre siento un poco de frío; me estremezco. Cuando estoy completamente desnuda, espero un poco antes de abrir los ojos. Saboreo. Vagabundeo. Sueño. Imagino los cuerpos conmovedores, languidecientes, de los libros de pintura que había en casa de mis padres; y años después, los cuerpos más crudos de las revistas.

Luego levanto despacio los párpados, como a cámara lenta.

Miro mi cuerpo, mis ojos negros, mis pechos pequeños, mis michelines y mi bosque de vello oscuro y me veo guapa, y os juro que en ese instante soy guapa, incluso muy guapa.

Esa belleza me hace profundamente feliz. Enormemente fuerte.

Me hace olvidar las cosas feas. La mercería un poco aburrida. Las conversaciones superfluas y la Loto de Danièle y Françoise, las gemelas de la peluquería y centro de estética que está al lado de la mercería. Esa belleza me hace olvidar las cosas inmóviles. Como una vida sin aventuras. Como esta ciudad espantosa, sin aeropuerto; esta ciudad gris de la que no se puede huir y a la que jamás llega nadie, ningún ladrón de corazones, ningún caballero blanco montado en un caballo blanco.

Arras. 42.000 habitantes, 4 hipermercados, 11 supermercados, 4 fast-foods, unas cuantas calles medievales, una placa en la calle Miroir-de-Venise que informa a los transeúntes y a los olvidadizos de que allí nació el popular policía Eugène-François Vidocq el 24 de julio de 1775. Y mi mercería.

Desnuda, tan guapa frente al espejo, tengo la impresión de que me bastaría mover los brazos para echar a volar, ligera, graciosa; para que mi cuerpo se uniera a los de los libros de arte que había en la casa de mi infancia. Sería entonces, definitivamente, tan hermoso como ellos.

Pero nunca me atrevo.

El ruido de Jo, abajo, siempre me sorprende. Un crujido en la seda de mi sueño. Me visto deprisa y corriendo. La sombra cubre la claridad de mi piel. Yo sé que hay una belleza rara bajo mi ropa. Pero Jo nunca la ve.

Una vez me dijo que era guapa. Hace más de veinte años y yo tenía algo más de veinte años. Iba preciosa, con un vestido azul, un cinturón dorado, un falso aire de Dior; quería acostarse conmigo. Su cumplido pudo más que mi precioso vestido.

Ya lo veis, nos mentimos continuamente.

Porque el amor no resistiría la verdad.

Jo es Jocelyn. Mi marido desde hace veintiún años.

Se parece a Venantino Venantini, el guaperas que hacía el papel de Mickey en *El hombre del Cadillac* y el de Pascal en *Gánsteres a la fuerza*. Mandíbula rotunda, mirada sombría, acento italiano de ese que encandila, sol, piel dorada, voz arrulladora que eriza la piel a las jovencitas, con la salvedad de que mi Jocelyno Jocelyni pesa diez kilos más y su acento dista mucho de hacer perder la cabeza a las chicas.

Trabaja en Häagen-Dazs desde que abrieron la fábrica en 1990. Gana dos mil cuatrocientos euros al mes. Sueña con un televisor de pantalla plana para sustituir nuestro viejo aparato Radiola. Con un Porsche Cayenne. Con una chimenea en el salón. Con la colección completa de películas de James Bond en DVD. Con un cronógrafo Seiko. Y con una mujer más guapa y más joven que yo; pero eso no me lo dice.

Tenemos dos hijos. Tres, en realidad. Un chico, una chica y un cadáver.

Román fue concebido la noche que Jo me dijo que me encontraba guapa y que esa mentira me hizo perder la cabeza, la ropa y la virginidad. Había una posibilidad entre miles de que me quedara embarazada la primera vez y me tocó. Nadine llegó dos años después y a partir de entonces nunca más recuperé mi peso ideal. Conservé el mismo volumen, como una especie de mujer embarazada vacía, como un globo lleno de nada.

Una burbuja de aire.

Jo dejó de verme guapa, de tocarme; empezó a quedarse apoltronado por la noche delante de la Radiola comiendo los helados que le daban en la fábrica y después bebiendo 33 Export. Y yo me acostumbré a dormirme sola.

Una noche me despertó. Estaba duro. Estaba borracho y lloraba. Lo dejé penetrar en mí y aquella noche Nadège se coló en mi vientre y se sumergió en mis carnes y en mi tristeza. Cuando salió, ocho meses después, estaba azul. Su corazón estaba mudo. Pero tenía unas uñas de ensueño y unas pestañas larguísimas, y, aunque nunca vi el color de sus ojos, estoy segura de que era guapa.

El día que nació Nadège, que fue también el día que murió, Jo dejó de beber cerveza. Rompió un montón de cosas en la cocina. Gritó. Dijo que la vida era un asco, que la vida era una cabrona, una cabrona de mierda. Se golpeó el pecho, la frente y el corazón y se lio a puñetazos con las paredes. Dijo: la vida es demasiado corta. Es injusto. Hay que aprovecharla, hostia puta, porque el tiempo se nos acaba. Mi pequeña, añadió, refiriéndose a Nadège, mi niña, ¿dónde estás? ¿Dónde estás, chiquitina? Román y Nadine, asustados, se metieron en su habitación, y aquel día Jo empezó a soñar con las cosas que hacen la vida más agradable y el dolor menos fuerte. Un televisor de pantalla plana. Un Porsche Cayenne. James Bond. Y una mujer guapa. Estaba triste.

A mí, mis padres me pusieron el nombre de Jocelyne.

Había una posibilidad entre millones de que me casara con un Jocelyn y me tocó. Jocelyn y Jocelyne. Martín y Martina. Luis y Luisa. Rafael y Rafaela. Paulino y Paulina. Miguel y Micaela. Una posibilidad entre millones.

Y me tocó a mí.

Compré la mercería el año que me casé con Jo.

Trabajaba allí desde hacía ya dos años cuando, un día, la propietaria se tragó un botón que estaba mordiendo para comprobar si efectivamente era de marfil. El botón se deslizó por su lengua húmeda, se metió en la hipofaringe, atacó un ligamento cricotiroideo y se introdujo en la aorta. Así pues, la señora Pillard no se dio cuenta de que se ahogaba; ni yo tampoco, puesto que el botón lo taponaba todo.

Fue el ruido que hizo al desplomarse lo que me alertó.

El cuerpo arrastró en su caída las cajas de botones; ocho mil botones rodaron por el pequeño establecimiento y eso fue lo primero en lo que pensé al descubrir el drama: la cantidad de días y noches que iba a pasarme a cuatro patas clasificando los ocho mil botones de fantasía, de metal, de madera, infantiles, de alta costura, etcétera.

El hijo adoptivo de la señora Pillard vino de Marsella para el entierro, me propuso que comprara la tienda, el banco estuvo de acuerdo, y el 12 de marzo de 1990 vinieron a pintar en la fachada y en la puerta de la tienda un delicado rótulo en el que ponía «Mercería Jo, antigua Casa Pillard». Jo se sentía orgulloso. «Mercería Jo», decía sacando pecho, pavoneándose, Jo, ¡Jo soy yo, es mi nombre!

Yo lo miraba y lo encontraba guapo, y pensaba que tenía suerte de que fuera mi marido.

Aquel primer año de matrimonio fue espléndido. La mercería. El nuevo trabajo de Jo en la fábrica. Y el nacimiento de Román.

Pero hasta la fecha la mercería nunca ha ido muy bien. Tengo que hacer frente a la competencia de 4 hipermercados y 11 supermercados, a los precios criminales del mercero del mercadillo de los sábados, a la crisis que vuelve a la gente temerosa y mezquina y a la indolencia de la población de Arras, que prefiere la facilidad del *prêt-à-porter* a la creatividad de las prendas hechas a mano.

En septiembre vienen a encargarme etiquetas de tela o termoadhesivas, y cuando quieren arreglar las prendas del año anterior en vez de comprar nuevas, se llevan cremalleras, agujas e hilo.

En Navidad, patrones para hacer disfraces. El de princesa es desde siempre el que más vendo, seguido del de fresa y el de calabaza. Para chico, el de pirata funciona bien, y el año pasado causó furor el de luchador de sumo.

Luego hay calma chicha hasta la primavera. Algunas ventas de costureros, dos o tres máquinas de coser y tela por metros. En espera de un milagro, hago punto de media. Mis diseños se venden bastante bien. Sobre todo las nanas para recién nacidos, las bufandas y los jerseys de algodón hechos a ganchillo.

Cierro la tienda de doce a dos y como en casa sola. A veces, cuando hace buen tiempo, voy con Danièle y Françoise a tomar un sándwich en la terraza de L'Estaminet o del Café Leffe, en la plaza Héros.

Las gemelas son guapas. Sé de sobra que me utilizan para poner de relieve sus cinturas finas, sus piernas largas y sus ojos claros de gacela deliciosamente asustada. Sonríen a los hombres que comen solos o acompañados de otro hombre, hacen monerías, a veces ronronean. Sus cuerpos envían mensajes, sus suspiros son botellas lanzadas al mar, y en ocasiones un hombre atrapa una durante el tiempo de un café, de una promesa susurrada, de una desilusión... Los hombres tienen tan poca imaginación... Luego llega la hora de volver a abrir nuestros establecimientos. Es siempre en ese momento, en el camino de regreso, cuando nuestras mentiras afloran de nuevo a la superficie. Estoy harta de esta ciudad, tengo la impresión de vivir en una novela histórica, ¡aaahhh, me asfixio!, dice Danièle, dentro de un año estaré lejos, al sol, me operaré el pecho. Si tuviera dinero, añade Françoise, lo dejaría todo, así, sin más ni más, de un día para otro. ¿Y tú, Jo?

Yo sería guapa y delgada y nadie me mentiría, ni siquiera yo misma. Pero no contesto, me limito a sonreír a las atractivas gemelas. A mentir.

Cuando no tenemos clientas, siempre me ofrecen una manicura, un *brushing,* una limpieza de cutis o un rato de palique, como ellas dicen. Yo les hago gorros o guantes de punto que nunca se ponen. Estoy rolliza, pero gracias a ellas llevo el pelo y las uñas impecables y nos ponemos al día de con quién se acuesta este y aquel, de los problemas de Denise, la de La Maison du Tablier, con la traidora Ginebra, la de Loos y sus 49 grados de alcohol, y los de la encargada de hacer los arreglos en Charlet-Fournie que ha engordado veinte kilos desde que su marido se encaprichó del aprendiz de peluquería que trabaja en Jean-Jac, y las tres tenemos la impresión de ser las tres personas más importantes del mundo.

Bueno, de Arras.

De nuestra calle, en todo caso.

Tengo cuarenta y siete años. Ya está dicho.

Nuestros hijos se han ido. Román está en Grenoble, en segundo de una escuela de comercio. Nadine está en Inglaterra, trabaja de canguro y rueda películas en vídeo. Una de sus películas se proyectó en un festival en el que ganó un premio y desde entonces la hemos perdido.

La última vez que la vimos fue en Navidad.

Cuando su padre le preguntó lo que hacía, ella sacó una pequeña cámara del bolso y la conectó al Radiola. A Nadine no le gustan las palabras. Desde que empezó a hablar, habla muy poco. Nunca me dijo, por ejemplo, mamá tengo hambre. Lo que hacía era levantarse y buscar algo de comer. Jamás dijo: tómame la lección, pregúntame la tabla de multiplicar, hazme recitar este poema. Se guardaba las palabras dentro, como si escasearan. Ella y yo conjugábamos el silencio: miradas, gestos y suspiros en lugar de sujetos, verbos y predicados.

En la pantalla aparecieron imágenes en blanco y negro de trenes, raíles y cambios de agujas; al principio era muy lento, después todo se aceleró poco a poco, las imágenes se solaparon, el ritmo se volvió hipnótico, fascinante. Jo se levantó y fue a por una cerveza sin alcohol a la cocina; yo no podía apartar los ojos de la pantalla. Mi mano agarró la de mi hija, *sujeto,* unas ondas recorrieron mi cuerpo, *verbo,* Nadine sonrió, *predicado*. Jo bostezaba. Yo lloraba.

Cuando la película acabó, Jo dijo que en color, con sonido y en una pantalla plana tu película no estaría mal, cariño, y yo le dije gracias, gracias Nadine, no sé qué has querido decir con tu película, pero he sentido «de verdad» algo. Ella desconectó la pequeña cámara del Radiola y susurró mirándome: he escrito el *Bolero* de Ravel en imágenes, mamá, para que los sordos puedan oírlo.

Entonces abracé a mi hija, la estreché contra mi carne fofa y dejé correr las lágrimas, porque, aunque no lo entendía todo, intuía que ella vivía en un mundo sin mentiras.

El tiempo que duró esa conexión fui una madre plena.

Román llegó más tarde, a la hora del brazo de gitano y los regalos. Llevaba una *chica* del brazo. Bebió con su padre unas cervezas Tourtel haciéndole ascos: esto sabe a meados de burro, dijo, y Jo le tapó la boca soltando un agresivo sí, ya, pregúntale a Nadège lo que hace el alcohol, ella te lo dirá, capullo. Entonces la *chica* bostezó y la Navidad se fue al traste. Nadine no se despidió, se esfumó en el frío, se volatilizó como vapor. Román se terminó el pastel, se limpió la boca con el reverso de la mano y se chupó los dedos, y yo me pregunté de qué habían servido todos los años que pasé enseñándole a comportarse como es debido, a no apoyar los codos en la mesa, a decir gracias; todas esas mentiras. Antes de marcharse, nos informó de que dejaba los estudios y se iba con la *chica* a trabajar de camarero al Palais Breton, una crepería de Uriage, ciudad termal a diez minutos de Grenoble. Miré a Jo; mis ojos gritaban di algo, impídeselo, retenlo, pero él se limitó a levantar la botella de cerveza hacia nuestro hijo, como hacen a veces los hombres en las películas norteamericanas, y le deseó suerte, y eso fue todo.

Tengo cuarenta y siete años. Ya está dicho.

Nuestros hijos ahora viven su vida. Jo todavía no me ha dejado por otra más joven, más delgada, más guapa. Trabaja mucho en la fábrica; el mes pasado le dieron una prima y, si hace un curso de formación, le han dicho que un día podría ser encargado. Encargado..., eso lo acercaría a sus sueños.

A su Cayenne, a su televisor de pantalla plana, a su cronógrafo.

Los míos, mis sueños, se han esfumado.

En el último curso de primaria, soñaba con besar a Fabien Derôme y fue Juliette Bocquet la afortunada que recibió su beso.

El 14 de julio del año que cumplí los trece, bailé al compás de «L'Été indien» y recé para que mi pareja aventurara una mano por mis pechos recién estrenados; no se atrevió. Después de la canción lenta, lo vi reír con sus amigos.

El año que cumplí los diecisiete soñé que mi madre se levantaba de la acera donde se había desplomado profiriendo un grito que no llegó a salir de su garganta, soñé que no era verdad, que no lo era, que no lo era; que no había aparecido de repente entre sus piernas aquella mancha que mojaba de forma humillante su vestido. A los diecisiete años soñaba con que mi madre fuera inmortal, con que un día pudiera ayudarme a hacer mi vestido de novia y aconsejarme en la elección del ramo, el sabor de la tarta, el color claro de las peladillas.

A los veinte años soñaba con ser diseñadora, con irme a París para asistir a las clases del Studio Berçot o de Esmond, pero mi padre ya estaba enfermo y acepté aquel trabajo en la mercería de la señora Pillard. Entonces soñaba en secreto con Solal, con el príncipe azul, con Johnny Depp y con el Kevin Costner de la época en que no llevaba implantes, y el sueño se materializó en Jocelyn Guerbette, mi Venantino Venantini enmascarado, agradablemente rellenito y adulador.

Nos vimos por primera vez en la mercería cuando vino a comprar treinta centímetros de encaje de Valenciennes para su madre, un encaje de bolillos de hilos continuos, muy fino, con motivos trabajados en mate; una maravilla. Usted sí que es una maravilla, me dijo. Me sonrojé. El corazón se me aceleró. Él sonrió. Los hombres saben los desastres que determinadas palabras desencadenan en el corazón de las chicas; y nosotras, pobres idiotas, nos extasiamos y caemos en la trampa, excitadas por el hecho de que, por fin, un hombre nos haya tendido una.

Me propuso que tomáramos un café cuando cerrara la tienda. Yo había soñado cien veces, mil, con el momento en que un hombre me invitara, me cortejara, me deseara. Había soñado con que me raptaran, que me llevaran lejos en un veloz y rugiente automóvil, montada a bordo de un avión con destino a unas islas. Había soñado con cócteles rojos, con peces blancos, con páprika y jazmín, pero no con un café en el bar-estanco Arcades. No con una mano húmeda sobre la mía. No con esas palabras sin gracia, con esas frases empalagosas, con esas mentiras tan pronto.

Aquella noche, después de que Jocelyn Guerbette me hubiera besado, ávido e impaciente, después de que yo lo hubiera apartado con delicadeza y de que él se hubiera alejado tras prometerme que vendría a verme al día siguiente, abrí mi corazón y dejé escapar mis sueños.

Soy feliz con Jo.

No se olvida nunca de los cumpleaños. Los fines de semana le gusta hacer bricolaje. Construye en el garaje pequeños muebles que vendemos en el mercadillo. Hace tres meses instaló el wifi porque yo había decidido escribir un blog sobre mis labores de punto. A veces, durante la sobremesa, me pellizca una mejilla y me dice eres buena, Jo, eres una buena chica. Sí, lo sé. Puede pareceros una pizca machista, pero le sale del corazón. Jo es así. La finura, la liviandad y la sutileza de las palabras no son lo suyo. No ha leído muchos libros; prefiere los resúmenes a los razonamientos, las imágenes a las leyendas. Le gustaban los episodios de *Colombo* porque se sabía desde el principio quién era el asesino.

A mí, las palabras me encantan. Me encantan las frases largas, los suspiros que se eternizan. Me encanta cuando, a veces, las palabras ocultan lo que dicen, o lo dicen de una manera nueva.

Cuando era pequeña, escribía un diario. Dejé de hacerlo el día que murió mamá. Al caer, hizo que cayera también mi pluma y se hicieran añicos montones de cosas.

Así que, cuando Jo y yo conversamos, soy sobre todo yo quien habla. Él me escucha bebiendo su cerveza de pega; en ocasiones incluso asiente con la cabeza para darme a entender que comprende, que le interesa lo que le digo, y aun cuando no sea cierto, es un detalle por su parte.

Para celebrar mi cuarenta cumpleaños, se tomó una semana de vacaciones, dejó a los niños en casa de su madre y me llevó a Étretat. Nos alojamos en el hotel L'Aiguille Creuse, en régimen de media pensión. Pasamos cuatro días maravillosos y entonces, por primera vez en mi vida, me pareció que estar enamorada era eso. Dábamos largos paseos por los acantilados agarrados de la mano; a veces, cuando no había otros paseantes, me empujaba contra las rocas, me besaba en la boca y su mano traviesa se perdía dentro de mis bragas. Empleaba palabras simples para describir su deseo. El jamón sin el tocino. *Me pones caliente. Me excitas.* Y una noche, a la hora violácea, en el acantilado de Aval le dije gracias, le dije tómame, y me hizo el amor allí, deprisa, sin miramientos; y estuvo bien. Cuando llegamos al hotel, teníamos las mejillas encendidas y la boca seca, como adolescentes un poco ebrios, y fue un bonito recuerdo.

Los sábados, a Jo le gusta quedar con los compañeros de la fábrica. Juegan a las cartas en el Café Georget y se dicen cosas de hombres; hablan de mujeres, se cuentan sus sueños, a veces silban a chicas de la edad de sus hijas, pero son buenos tipos. Así son nuestros hombres, *se les va la fuerza por la boca.*

En verano, los chavales se van a casa de algún amigo y Jo y yo nos vamos al Midi y pasamos tres semanas en Villeneuve-Loubet, en el cámping La Sonrisa. Estamos con J.-J. y Marielle Roussel, a los que conocimos allí de forma casual hace cinco años –¡son de Dainville, que está a tan solo cuatro kilómetros de Arras!–, y con Michèle Henrion, de Villeneuve-sur-Lot, la capital de las ciruelas pasas, una mujer mayor que nosotros, que se ha quedado soltera; esto último, según Jo, porque le gusta chupar las ciruelas; vamos, que es bollera. *Pastis* cargadito, parrilladas de carne y de sardinas; la playa en Cagnes frente al hipódromo cuando hace mucho calor, una o dos visitas a Marineland, los delfines, los leones marinos y, después, los toboganes acuáticos, nuestros repetidos gritos de terror que acaban en risas y en placeres infantiles.

Soy feliz con Jo.

No es la vida que soñaban mis palabras en el diario de los tiempos en que mamá estaba viva. Mi vida no posee la gracia perfecta que ella me deseaba por las noches, cuando venía a sentarse a mi lado, en la cama; cuando me acariciaba suavemente el pelo murmurando: tienes talento, Jo, eres inteligente, tendrás una buena vida.

Incluso las madres mienten. Porque también ellas tienen miedo.

Solo en los libros se puede cambiar de vida. Se puede tachar una palabra entera. Hacer desaparecer el peso de las cosas. Borrar las bajezas y, al final de una frase, encontrarse de pronto en el fin del mundo.

Danièle y Françoise juegan a la Loto desde hace dieciocho años. Todas las semanas, por diez euros, construyen sueños de veinte millones. Una mansión en la Costa Azul. Una vuelta al mundo. Incluso un simple viaje a la Toscana. Una isla. Un *lifting*. Un diamante, un Santos Dumont Lady de Cartier. Cien pares de Louboutin y de Jimmy Choo. Un traje de chaqueta rosa de Chanel. Perlas, perlas auténticas, como Jackie Kennedy; ¡qué guapa era! Esperan el fin de semana como otros al Mesías. Todos los sábados sus corazones se aceleran cuando las bolas giran. Contienen la respiración, la dejan en suspenso; cualquiera de esos días podrían morir, dicen a coro.

Hace doce años les tocó lo suficiente para abrir la peluquería-centro de estética. Me mandaron un ramo de flores todos los días mientras duraron las obras y a raíz de aquello, pese a que contraje una alergia galopante a las flores, nos hicimos amigas. Viven juntas en el último piso de un edificio que da al Jardín del Gobernador, en la avenida Fusillés. Françoise ha estado varias veces a puntísimo de prometerse, pero ante la idea de abandonar a su hermana, al final ha preferido abandonar la idea del amor. Por el contrario, en 2003 Danièle se fue a vivir con un representante de champús, tintes y tratamientos profesionales L'Oréal, un hombre de aire melancólico, con voz de barítono y cabello negro azabache, un tipo exótico. Había sucumbido al olor salvaje de su piel oscura, cedido al vello negro de las falanges de sus largos dedos; había soñado con amores animales, con combates, con lucha ardiente, con carnes fusionadas, pero, si bien el gran simio tenía las pelotas bien llenas, como está mandado, resultó que su interior estaba vacío, inmensa y trágicamente desértico. Tenía un polvo fantástico, me contó Danièle cuando volvió al cabo de un mes con la maleta bajo el brazo; un polvo antológico, pero después del polvo, nada más, el representante se pone a mimir, ronca y a la mañana siguiente se va a hacer sus recorridos velludos. En lo tocante a cultura, cero; y yo, por más que digamos, necesito hablar, que haya comunicación; después de todo, no somos ni mucho menos animales. Ah no, eso no, necesitamos alma.

La noche de su vuelta fuimos las tres a cenar a La Coupole, gambas sobre lecho de endivias para Françoise y para mí, *andouillette* de Arras gratinada con queso Maroilles para Danièle. Qué quieren que les diga: a mí, una ruptura me abre un agujero, un vacío, y tengo que llenarlo; y después de una botella de vino, ellas dos se prometieron, muertas de risa, no separarse nunca más, o si una de las dos encontraba un hombre, compartirlo con la otra.

Luego quisieron ir a bailar al Copacabana; quizá demos con dos chicos guapos, dijo una de ellas, con dos números buenos, dijo la otra riendo, y yo no las acompañé.

Desde aquel 14 de julio del año que cumplí los trece, el de «L'Été indien» y mis pechos incipientes, no he vuelto a bailar.

Las gemelas desaparecieron en la noche, llevándose consigo sus risas y el repiqueteo ligeramente vulgar de sus tacones sobre los adoquines, y yo volví a casa. Crucé el bulevar de Strasbourg y fui por la calle Gambetta hasta el Palacio de Justicia. Pasó un taxi, la mano me tembló; me vi pararlo y subir. Me oí decir «lejos, lo más lejos posible». Vi ponerse en marcha el taxi conmigo en el asiento de atrás, me vi no volver la cabeza, me vi no saludarme, no hacerme ningún gesto final, no sentir ningún pesar; me vi partir y desaparecer sin dejar rastro.

Hace siete años.

Pero volví.

Jo dormía con la boca abierta delante del Radiola; un hilo de saliva brillaba sobre su barbilla. Apagué el televisor. Tapé con una manta su cuerpo encogido. En su habitación, Román luchaba en el mundo virtual de *Freelancer*. En la suya, Nadine leía las conversaciones de Hitchcock y Truffaut; tenía trece años.

Levantó la cabeza cuando empujé la puerta de su habitación, me sonrió y yo la encontré guapa, inmensamente guapa. Me gustaban sus grandes ojos azules, yo los llamaba ojos de cielo. Me gustaba su piel clara en la que ningún mal había dejado aún rasguños. Su pelo negro; un marco alrededor de su delicada palidez. Me gustaban sus silencios y el olor de su piel. Se movió hacia la pared sin decir nada cuando fui a tumbarme a su lado. Después me acarició suavemente el cabello como lo hacía mamá y reanudó la lectura, ahora en voz baja, como lo hace un adulto para apaciguar los temores de un niño.

Esta mañana una periodista de *L'Observateur de l'Arrageois* ha pasado por la mercería. Quería entrevistarme con motivo de mi blog, *diezdedosdeoro*.

Es un blog modesto.

Escribo en él todas las mañanas sobre el placer del punto de media, el bordado y la costura. Descubro a mis lectoras telas y lanas; cintas de lentejuelas, de terciopelo, de satén y de organdí; encajes de algodón y elásticos; cordones cola de rata, encerados, trenzados de rayón, para anorak... Algunas veces hablo de la mercería, de la llegada de un pedido de cinta de velcro para coser o de una cinta adhesiva. Dejo escapar también algunos comentarios nostálgicos de bordadora, encajera o tejedora; los comentarios nostálgicos de las mujeres que esperan. Todas somos Nathalie, la Isolda de *El eterno retorno*.

–Ya ha pasado de las mil doscientas visitas al día –señala la periodista–, y solo en el área metropolitana.

Tiene la edad de los hijos de los que nos sentimos orgullosos. Es guapa, con pecas, encías rosadas y unos dientes blanquísimos.

Su blog es toda una sorpresa. Tengo mil preguntas que hacerle. ¿Por qué mil doscientas mujeres entran todos los días para hablar de trapitos? ¿Por qué de repente este furor por el punto de media, la mercería, lo hecho a mano? ¿Cree que padecemos los efectos de la ausencia de contacto humano? ¿Acaso lo virtual ha matado el erotismo? La interrumpo. No lo sé, digo, no lo sé. Antes escribíamos un diario íntimo; hoy lo hemos sustituido por un blog. ¿Escribía usted un diario?, vuelve ella a la carga. Sonrío. No, no escribía un diario y no tengo ninguna respuesta para sus preguntas, lo siento.

Entonces ella deja el cuaderno, el bolígrafo, el bolso.

Clava sus ojos en los míos. Pone su mano sobre la mía y dice: mi madre vive sola desde hace más de diez años. Se levanta a las seis de la mañana. Se prepara un café. Riega las plantas. Escucha las noticias en la radio. Se toma el café. Se asea. Una hora más tarde, a las siete, su jornada ha terminado. Hace dos meses, una vecina le habló de su blog y me pidió que le comprara un «chisme». Un chisme, en su lenguaje, es un ordenador. Desde entonces, gracias a sus pasamanerías, sus borlas y sus alzapaños, ha recuperado la alegría de vivir. Así que no me diga que no tiene respuestas.

La periodista recogió sus cosas diciendo volveré y usted tendrá las respuestas.

Eran las once y veinte de la mañana cuando se ha marchado. Las manos me temblaban, tenía las palmas húmedas.

Así que cerré la tienda y me fui a casa.

He sonreído al volver a ver mi caligrafía de adolescente.

Los puntos sobre las íes eran círculos, las aes estaban escritas en letra de imprenta, y sobre las íes de un tal Philippe de Gouverne los puntos eran corazones minúsculos. Philippe de Gouverne. Lo recuerdo. Era el intelectual dc la clase; y también el raro. Nos burlábamos de él por el «de». Lo apodábamos Verne. Yo estaba perdidamente enamorada de él. Lo encontraba de lo más seductor con su bufanda que le daba dos vueltas alrededor del cuello y le caía hasta la cintura. Cuando contaba algo, utilizaba un lenguaje elevado y la música de sus palabras me encandilaba. Decía que sería escritor. O poeta. Que escribiría canciones. Que, en cualquier caso, haría palpitar el corazón de las chicas. Todo el mundo se reía. Yo no.

Pero nunca me atreví a hablar con él.

Paso las páginas de mi diario. Entradas de cine pegadas. Una foto de mi bautismo del aire en Amiens-Glisy con papá, en 1970, por mi séptimo cumpleaños. Ahora no se acordaría. Desde el accidente, está en el presente.

No tiene ni pasado ni futuro. Está en un presente que dura seis minutos, y cada seis minutos el contador de su memoria se pone a cero. Cada seis minutos me pregunta cómo me llamo. Cada seis minutos pregunta qué día es. Cada seis minutos pregunta si mamá va a venir.

Y encuentro hacia el final del diario esta frase escrita, con la tinta violeta de las chicas, antes de que mamá se desplomara en la calle.

«Me gustaría tener la suerte de decidir mi vida, creo que es el mejor regalo que se nos puede hacer.»

Decidir la propia vida.

Cierro el diario. Ahora soy mayor, así que no lloro. Tengo cuarenta y siete años, un marido fiel, atento, sobrio, dos hijos mayores y una pequeña alma a la que a veces echo de menos; tengo una tienda que, unos años más y otros menos, llega a proporcionarnos, además del sueldo de Jo, lo suficiente para llevar una buena vida, pasar vacaciones agradables en Villeneuve-Loubet y un día, por qué no, permitirnos comprar el coche de sus sueños (he visto uno de segunda mano por treinta y seis mil euros que me ha parecido estupendo). Escribo un blog que le alegra la vida a la madre de una periodista de *L'Observateur de l'Arrageois* y probablemente a mil ciento noventa y nueve señoras más todos los días. Y en vista de las buenas cifras, el servidor me propuso hace poco vender espacio para publicidad.

Jo me hace feliz y nunca he deseado a otro hombre, pero de ahí a decir que he decidido mi vida..., no, eso sí que no.

De camino a la mercería, estoy cruzando la plaza Héros cuando de pronto oigo que me llaman. Son las gemelas. Están tomando un café mientras rellenan el boleto de la Loto. Juega aunque solo sea una vez, me suplica Françoise. No vas a seguir siendo mercera toda la vida... Me gusta mi mercería, digo. ¿No deseas otra cosa?, insiste Danièle. Venga, por favor... Me dirijo al estanquero-lotero y pido un boleto. ¿Cuál? ¿Cómo que cuál? ¿Para la Loto o para Euromillones? Y yo qué sé. Para Euromillones, entonces, hay un buen bote acumulado. Le doy los dos euros que me pide. La máquina elige números y estrellas por mí y a continuación él me tiende un boleto. Las gemelas aplauden.

—¡Por fin! Por fin nuestra pequeña Jo va a tener sueños maravillosos esta noche.

He dormido muy mal.

Jo ha estado enfermo toda la noche. Diarrea. Vómitos. Desde hace unos días, él, que no se queja nunca, dice que le duele todo el cuerpo. No para de tiritar, y no es a causa de mis frescas caricias sobre su frente ardiente ni de los masajes que le hago en el pecho para calmarle la tos, y tampoco porque encadeno frases maternales para tranquilizarlo.

Ha venido el médico.

Probablemente es la gripe A/H1N1, esa porquería asesina. Y eso que en la fábrica aplican todas las medidas de seguridad. Uso de mascarilla FFP2, gel hidroalcohólico, ventilación regular de las naves, prohibición de estrecharse la mano, de besarse, de darse por culo, añadía Jo riendo hace dos días, antes de que se le viniera esto encima. El doctor Caron le ha recetado Oseltamivir –el famoso Tamiflu– y mucho reposo. Son veintidós euros, señora Guerbette. Jo se ha dormido por la mañana. Y aunque no tiene hambre, he ido a comprar dos cruasanes de mantequilla a la panadería de François Thierry, sus preferidos, le he preparado un termo de café y se lo he dejado en la mesilla de noche, por si acaso. Me he quedado un momentín mirándolo dormir. Respiraba ruidosamente. Gotas de sudor brotaban de sus sienes, se deslizaban por sus mejillas e iban, silenciosas, a estrellarse y morir en su pecho. Le he visto arrugas nuevas en la frente, minúsculas arruguillas alrededor de la boca, como diminutas espinas; la piel empezando a descolgarse en el cuello, donde al principio de nuestra relación le gustaba que lo besara. He visto estos años en su rostro, he visto el tiempo que nos aleja de nuestros sueños y nos acerca al silencio. Y entonces, he encontrado guapo a mi Jo sumido en su sueño de niño enfermo, y me ha gustado mi mentira. He pensado que si el hombre más guapo del mundo, el más atento, el más «todo», apareciera aquí y ahora, no me levantaría, no me iría con él, no le sonreiría siquiera.

Me quedaría aquí porque Jo me necesita y una mujer necesita que la necesiten.

El más guapo del mundo no necesita a nadie porque tiene a todo el mundo. Tiene su belleza y el incontrolable apetito de todas las mujeres que quieren saciarse de él y acabarán por devorarlo y lo dejarán muerto, con los huesos bien chupados, brillantes y blancos, en la fosa de sus vanidades.

Al cabo de un rato he llamado a Françoise. Va a pegar un cartelito en el escaparate de la mercería. «Cerrado dos días por gripe.» Después he puesto la información en mi blog.

Inmediatamente he recibido cien mensajes.

Se ofrecían para ocuparse de la mercería hasta que mi marido se recuperara. Me preguntaban la talla de Jo para hacerle jerséis, guantes y gorros de punto. Me preguntaban si necesitaba ayuda, mantas; una persona para cocinar y limpiar, una amiga para hablar, para afrontar este mal trago. Era increíble. *Diezdedosdeoro* había abierto las compuertas de una amabilidad sepultada, olvidada. Mis historias de cordoncillos, cintas e hilo pastelero habían creado, al parecer, un vínculo muy fuerte; una comunidad invisible de mujeres que, al tiempo que redescubrían el placer de la costura, habían reemplazado la soledad de los días por la alegría de ser de pronto una familia.

Llamaron a la puerta.

Era una mujer del barrio, una adorable ramita de árbol espigado, como la actriz Madeleine Renaud. Traía unas *tagliatelle*. Tosí. Tanta solicitud inesperada me asfixiaba. No estaba acostumbrada a que me dieran algo sin que lo hubiera pedido. Fui incapaz de hablar. Ella sonrió con dulzura. Son de espinacas y queso fresco. Fécula y hierro. Necesita fuerzas, Jo. Balbucí unas palabras de agradecimiento y se me saltaron las lágrimas. Inextinguibles.

Pasé a ver a mi padre.

Después de haberme preguntado quién era, pidió noticias de mamá. Le dije que había ido a hacer unas compras y que llegaría un poco más tarde. Espero que me traiga el periódico, dijo, y espuma de afeitar, se me ha terminado.

Le hablé de la mercería. Y me preguntó por enésima vez si era yo la propietaria. No se lo podía creer. Estaba orgulloso. *Mercería Jo, antigua Casa Pillard, Mercería Jo*, tu nombre en un rótulo, Jo, ¿te das cuenta? Me alegro por ti. Después levantó la cabeza y me miró. ¿Quién es usted?

Quién es usted. Acababan de pasar seis minutos.

Jo estaba mejor. El Oseltamivir, el descanso, las *tagliatelle* de espinacas y queso fresco y mis frases cariñosas vencieron a la gripe asesina. Se quedó unos días en casa, hizo un poco de bricolaje, y cuando una noche abrió una Tourtel y puso la televisión, supe que estaba completamente restablecido. La vida reanudó su curso, tranquila, dócil.

En los días que siguieron no paró de venir gente a la mercería y *diezdedosdeoro* superó las cinco mil visitas diarias. Por primera vez desde hacía veinte años, se me agotaron las existencias de botones de caseína, tagua y galalita, los encajes de cordoncillo y de guipur, los marcadores y abecedarios, así como las borlas. Borlas no había vendido ni una en el último año. Tuve la impresión de estar en el corazón de una película sentimentaloide de Frank Capra, y os aseguro que un buen baño de sentimentalismo de vez en cuando sienta de maravilla.

Cuando la emoción hubo pasado, Danièle, Françoise y yo hicimos paquetes con las colchas, los jerseys y las fundas de almohada bordadas que le habían regalado a Jo, y Danièle se encargó de darlos a una institución de beneficencia de la diócesis de Arras.

Pero el acontecimiento más importante de aquel período de nuestra vida, el que ponía a las gemelas histéricas desde hacía dos días, era que el boleto ganador de Euromillones había sido validado en Arras. ¡Mierda, en Arras, nos ha pasado rozando! ¡Hay que fastidiarse, habría podido tocarnos a nosotras!, exclamaron. ¡Sí, vale, dieciocho millones de euros son calderilla comparados con los setenta y cinco de Franconville, pero con todo y con eso...! ¡Dieciocho millones! ¡Ah, se me hace la boca agua solo de pensarlo!

Lo que las acaloraba todavía más, hasta llevarlas al borde de la apoplejía, era que el ganador aún no se había presentado.

Y que solo quedaban cuatro días para que finalizara el plazo y el dinero se acumulara en el bote para el siguiente sorteo.

No sé cómo, pero lo supe.

Supe, sin haber mirado todavía los números, que era yo.

Una posibilidad entre setenta y seis millones, y me tocaba a mí. Leí la combinación ganadora en *La Voix du Nord*. Todo coincidía.

El 6, el 7, el 24, el 30 y el 32. Las estrellas con los números 4 y 5.

Un boleto validado en Arras, en la plaza Héros. Una apuesta de dos euros. Una selección aleatoria.

18.547.301 euros y 28 céntimos.

Entonces me desmayé.

Jo me encontró en el suelo de la cocina, igual que yo había encontrado a mi madre en la acera treinta años antes.

Íbamos a hacer juntas la compra cuando me di cuenta de que me había dejado la lista encima de la mesa de la cocina. Fui a buscarla; mamá esperaba en la acera.

Cuando bajé, justo en el momento en el que puse el pie en la calle, la vi mirarme y abrir la boca, pero no salió ningún sonido de su garganta; su rostro se deformó, hizo la misma mueca que el horrible personaje de *El grito,* el cuadro de Munch, y se desplomó replegándose sobre sí misma como un acordeón. Habían bastado cuatro segundos para que me quedara huérfana. Había ido corriendo hacia ella, pero era demasiado tarde.

Siempre acudimos corriendo demasiado tarde cuando alguien muere. Como si apareciéramos por casualidad.

Se oyeron algunos gritos, un frenazo. Las palabras parecían brotar de mi boca como lágrimas; me ahogaban.

Luego apareció la mancha en su vestido, entre sus piernas. La mancha creció a ojos vistas, como un tumor vergonzoso. Sentí inmediatamente en la garganta el frío de un batir de alas, la quemazón de un arañazo; entonces, después de la del personaje del cuadro, después de la de mi madre, mi boca se abrió también y de entre mis labios grotescos salió volando un pájaro. Una vez al aire libre, profirió un grito aterrador; su canto glacial.

Un canto de muerte.

A Jo le entró pánico. Creyó que era la gripe asesina. Se disponía a llamar al doctor Caron cuando recobré el conocimiento y lo tranquilicé. No es nada, no he tenido tiempo de comer, ayúdame a levantarme, voy a sentarme cinco minutos y se me pasará, sí, se me pasará. Estás muy caliente, dijo él, tocándome la frente con una mano. Se me pasará enseguida, no te preocupes, además, tengo la regla, por eso estoy tan caliente.

Regla. La palabra mágica. La que aleja a la mayoría de los hombres.

Voy a calentarte algo, propuso abriendo el frigorífico, a no ser que quieras pedir una pizza. Sonrió. Mi Jo. Mi cielo. Podríamos salir a cenar fuera para variar, murmuré. Él sonrió y abrió una Tourtel. Me pongo una chaqueta y soy todo tuyo, preciosa.

Cenamos en el vietnamita que está a dos calles de casa. No había casi nadie y me pregunté cómo se las arreglaban para aguantar. Yo pedí una sopa ligera de fideos de arroz *(bùn than)*, Jo, pescado frito, y le acaricié una mano como cuando éramos novios, hace veinte años. Tienes los ojos brillantes, susurró con una sonrisa nostálgica.

Y si pudieras oír cómo me late el corazón, pensé, temerías que estallara.

Nos sirvieron bastante rápido; yo apenas toqué la sopa. A Jo se le ensombreció el semblante. ¿No te encuentras bien? Bajé despacio los ojos.

Tengo que decirte una cosa, Jo.

Debió de percibir la importancia de mi confesión. Dejó los palillos. Se limpió delicadamente la boca con ayuda de la servilleta de algodón –siempre se esforzaba en los restaurantes– y me agarró la mano. Sus labios secos temblaron. No será nada grave, ¿verdad? ¿Estás enferma, Jo? Porque... porque, si te pasara algo, sería el fin del mundo, yo... Las lágrimas se agolparon en mis ojos y al mismo tiempo me eché a reír, una risa contenida que se asemejaba a la felicidad. Yo... me moriría sin ti, Jo. No, Jo, no es nada grave, no te preocupes, susurré.

Quería decirte que te quiero.

Y me juré que ninguna suma de dinero sería jamás suficiente para perder todo eso.

Aquella noche hicimos el amor muy despacio.

¿Fue debido a mi palidez, a mi nueva fragilidad? ¿Fue debido al miedo irracional de perderme que él había tenido unas horas antes, en el restaurante? ¿Fue porque no habíamos hecho el amor desde hacía mucho, por lo que necesitó tiempo para aprender de nuevo la geografía del deseo, para domesticar de nuevo su rudeza masculina? ¿Fue porque me amaba hasta el punto de situar mi placer por encima del suyo?

Aquella noche no lo supe. Hoy lo sé. ¡Pero fue una hermosa noche, vaya que sí!

Me recordó las primeras noches de los amantes, esas en las que se acepta morir al amanecer; esas noches que no se preocupan nada más que de ellas mismas, lejos del mundo, del ruido, de la maldad. Y luego, con el tiempo, el ruido y la maldad pasan por allí y los sueños se tornan difíciles; las desilusiones, crueles. Después del deseo siempre viene el aburrimiento. Y el amor es lo único que existe para acabar con el aburrimiento. El amor con mayúscula, el sueño de todas nosotras.

Recuerdo haber llorado al terminar de leer *Bella del Señor*. Incluso me enfadé cuando los amantes se arrojaron por la ventana del Ritz en Ginebra. Yo misma tiré el libro a la basura y, en su corta caída, se llevó la mayúscula del amor.

Pero aquella noche me pareció que había vuelto.

Al amanecer, Jo desapareció. Desde hace un mes, está haciendo un curso todas las mañanas de siete y media a nueve para ser encargado y acercarse a sus sueños.

Pero tus sueños, amor mío, ahora yo puedo hacerlos realidad; tus sueños no cuestan nada del otro mundo. Un televisor de pantalla plana Sony de 52 pulgadas : 1.400 euros. Un cronógrafo Seiko: 400 euros. Una chimenea en el salón: 500 euros, más 1.500 para las obras. Un Porsche Cayenne: 89.000 euros. Y tu colección completa de *James Bond*, 22 películas: 170 euros.

Es horrible. No sé lo que me digo.

Lo que me está pasando es tremendo.

Tengo una cita en la Française des Jeux, en Boulogne-Billancourt, en el área metropolitana de París.

Me he subido al tren esta mañana temprano. Le he dicho a Jo que tenía que ver a unos proveedores: Synextile, Eurotessile y Filagil Sabarent. Volveré tarde, no me esperes. Hay pechuga de pollo en la nevera y pisto para que te lo calientes.

Me ha acompañado a la estación y se ha ido corriendo a la fábrica para llegar a la hora que empieza el curso.

En el tren, pienso en los sueños de las gemelas, en sus desilusiones todos los viernes por la noche, cuando las bolas caen y llevan unos números que no son sus números meditados, sus números pensados, pesados, sopesados.

Pienso en mi comunidad de los *diezdedosdeoro,* esas cinco mil Princesas Aurora que sueñan con pincharse el dedo en el huso de su rueca para que las despierten con un beso.

Pienso en los bucles de seis minutos de papá. En la vanidad de las cosas. En lo que el dinero no arregla nunca.

Pienso en todo lo que mamá no tuvo, con lo que soñaba y que yo podría proporcionarle ahora: un viaje por el Nilo, una chaqueta de Yves Saint Laurent, un bolso de Kelly, una señora para hacer las tareas domésticas, una corona de cerámica en lugar de esa horrible corona de oro que empañaba su maravillosa sonrisa, un piso en la calle Teinturiers, una velada en París, en el Moulin Rouge y en Mollard, el rey de la ostra, y nietos. Ella decía que «las abuelas son mejores madres, una madre está demasiado ocupada siendo una mujer». Echo de menos a mi madre con la misma intensidad que el día en que se desplomó. Sigo sintiendo frío al pensar en ella. Sigo llorando. ¿A quién tengo que darle dieciocho millones quinientos cuarenta y siete mil trescientos un euros y veintiocho céntimos para que vuelva?

Pienso en mí, en todo lo que estaría a mi alcance ahora, y no tengo ganas de nada. Nada que todo el oro del mundo pueda ofrecer. Pero ¿le sucede lo mismo al resto de la gente?

La recepcionista es encantadora.

¡Ah! Es usted el boleto de Arras. Me hace esperar en una salita, me ofrece algo para leer, me pregunta si quiero un té o un café; gracias, digo yo, ya he tomado tres desde esta mañana, y enseguida me siento idiota, muy provinciana, tremendamente tonta. Al cabo de un momento, viene a buscarme y me lleva hasta el despacho de un tal Hervé Meunier, que me recibe con los brazos abiertos, ¡ah, nos ha hecho usted tener sudores fríos!, dice riendo, pero por fin está aquí, eso es lo principal. Siéntese, por favor. Póngase cómoda. Está usted en su casa. «Mi casa» es un gran despacho; la moqueta es gruesa, saco discretamente un pie del zapato plano para acariciarla, hundirme un poco en ella; una climatización suave difunde un aire agradable y al otro lado de los ventanales hay también edificios de oficinas. Parecen cuadros inmensos, Hopper en blanco y negro.

Aquí está el punto de partida de las nuevas vidas. Aquí, frente a Hervé Meunier, es donde se descubre la poción mágica. Aquí es donde se recibe el talismán que cambia la vida.

El Grial.

El cheque.

El cheque a tu nombre. A nombre de Jocelyne Guerbette. Un cheque de 18.547.301 euros y 28 céntimos.

Me pide el boleto y el carné de identidad. Comprueba. Hace una breve llamada telefónica. El cheque estará preparado dentro de dos minutos, ¿le apetece un café? Tenemos toda la gama de Nespresso. Esta vez no respondo. Como quiera. Personalmente, estoy enganchado al Livanto por su cremosidad, mmm, su suavidad, su delicadeza, bien, mmm..., mientras esperamos, dice recuperándose, me gustaría que hablara con un compañero. En realidad, tiene que hablar con él.

Es un psicólogo. No sabía que tener dieciocho millones era una enfermedad. Pero me abstengo de hacer comentarios.

El psicólogo es una psicóloga. Se parece a Emmanuelle Béart; como ella, tiene los labios de la Pata Daisy, unos labios tan hinchados, dice Jo, que explotarían si los mordieran. Lleva un traje de chaqueta que realza sus formas, me tiende una mano huesuda y me dice que no tardaremos mucho. Invierte cuarenta minutos en explicarme que lo que me ha pasado es una gran suerte y una gran desgracia. Soy rica. Voy a poder comprarme lo que quiera. Voy a poder hacer regalos. Pero, cuidado.

Debo desconfiar. Porque, cuando tienes dinero, de repente te quieren. De repente, personas desconocidas te quieren. Prepárese, porque van a proponerle matrimonio. Van a enviarle poemas. Cartas de amor. Cartas de odio. Van a pedirle dinero para curar a una niña que padece leucemia y que se llama Jocelyne, como usted. Van a enviarle fotos de un perro maltratado y a pedirle que sea su madrina, su salvadora; le prometerán una perrera con su nombre, croquetas, paté, un concurso canino. La mamá de un niño afectado de miopatía le mandará un vídeo conmovedor en el que su hijo se cae por la escalera y se golpea la cabeza contra la pared, y le pedirá dinero para instalar un ascensor en su casa. Otra mujer le enviará fotos de su madre babeando y haciéndose caca encima, y le pedirá con palabras llenas de lágrimas y de dolor una ayuda para pagar la asistencia a domicilio, hasta le enviará el formulario para que pueda deducir su ayuda de los impuestos. Una Guerbette de Pointe-à-Pitre descubrirá que es prima suya y le pedirá el dinero del billete para ir a verla, después el dinero para un apartamento, después el dinero para localizar a su amigo sanador que la ayudará a perder esos kilos de más. Por no hablar de los banqueros. De repente, todo azúcar y miel. Señora Guerbette por aquí, reverencias por allá. Tengo productos de inversión con ventajas fiscales. Invierta en los Departamentos de Ultramar. Aprovéchese de la ley Malraux. Bodegas. Oro, diamantes y otras piedras preciosas. No le hablarán de los impuestos, ni del que grava las grandes fortunas ni de ningún otro. Tampoco de las inspecciones fiscales. Y mucho menos de lo que cobran ellos en concepto de gastos.

Comprendo de qué enfermedad habla la psicóloga. Es la enfermedad de los que no han ganado, son sus propios miedos los que intentan inocularme, como una vacuna contra el mal. Protesto. Hay personas que, pese a todo, han sobrevivido. A mí solo me han tocado dieciocho millones. ¿Y los que han ganado cien, cincuenta, incluso treinta millones? Exacto, me responde la psicóloga con un aire misterioso, exacto. Entonces, solo entonces, acepto un café. Un Livato, creo, o quizá un Livatino; en cualquier caso, cremoso. Con un terrón de azúcar, por favor. Hay muchos suicidios, me dice. Muchas, muchas depresiones, y divorcios, y odios, y dramas. Se han visto puñaladas. Heridas con alcachofas de ducha. Quemaduras con gas butano. Familias rotas, destrozadas. Nueras insidiosas, yernos alcohólicos. Acuerdos para eliminar a alguien; sí, como en las películas de serie B. Sé de un suegro que prometió mil quinientos euros a quien eliminara a su mujer. A ella le habían tocado algo menos de setenta mil euros. De un yerno que cortó dos falanges para obtener el número secreto de una tarjeta de crédito. Firmas falsificadas, escrituras falsificadas. El dinero vuelve loca a la gente, señora Guerbette, es la causa de cuatro de cada cinco crímenes. De una depresión de cada dos. No tengo ningún consejo que darle, concluye, solo esta información. Disponemos de un equipo de apoyo psicológico, si lo desea. La psicóloga deja la taza de café, en la que no ha mojado sus labios patadaisyanos. ¿Se lo ha comunicado a su familia? No, contesto. Perfecto, dice ella; podemos ayudarla a decírselo, encontrar las palabras para minimizar la conmoción, porque será una conmoción, ya lo verá. ¿Tiene hijos? Asiento con la cabeza. Pues bien, ya no la verán solo como una madre, sino como una madre rica, y querrán su parte. Y su marido, ¿tiene quizá un trabajo modesto? Pues querrá dejar de trabajar, ocuparse de *su* fortuna, la de ambos, sí, porque será tanto de él como de usted, porque él la quiere, ah, sí, ya lo creo, en los próximos días y meses le dirá que la quiere, le regalará flores, me dan alergia, la interrumpo, entonces... bombones, no sé, prosigue, en cualquier caso la mimará, la adormecerá, la envenenará. Es un guion escrito de antemano, señora Guerbette, escrito desde hace mucho tiempo, la codicia lo arrasa todo a su paso; acuérdese de los Borgia, de los Agnelli y, más recientemente, de los Bettencourt.

Después me hace prometer que he entendido bien todo lo que ha dicho. Me tiende una tarjeta con cuatro números de emergencia; no dude en llamarnos, señora Guerbette, y no lo olvide, a partir de ahora van a quererla por algo diferente de usted misma. A continuación me lleva de vuelta al despacho de Hervé Meunier.

Este sonríe mostrando todos los dientes.

Sus dientes me recuerdan los del hombre que nos vendió a Jo y a mí nuestro primer coche de segunda mano, un Ford Escort azul de 1983, un domingo de marzo en el aparcamiento del híper Leclerc. Llovía.

Su cheque, dice. Aquí lo tiene. Dieciocho millones quinientos cuarenta y siete mil trescientos un euros y veintiocho céntimos, pronuncia lentamente, como si fuera una condena. ¿Está segura de que no prefiere una transferencia bancaria?

Estoy segura.

En realidad, ya no estoy segura de nada.

Mi tren para Arras sale dentro de siete horas.

Podría pedirle a Hervé Meunier, puesto que se ha ofrecido, que se encargara de cambiarme el billete, de hacer una reserva en un tren que salga antes, pero hace un día agradable. Quiero andar un poco. Necesito aire. La Pata Daisy me ha dejado K.O. No puedo creer que en el interior de Jo haya un asesino encerrado, ni siquiera un embustero, y todavía menos un ladrón. No puedo creer que mis hijos vayan a verme con los ojos del Tío Gilito, esos grandes ojos ávidos dentro de los cuales, en los tebeos de mi infancia, aparecía la $ de dólar cuando miraba algo que codiciaba.

«La codicia lo arrasa todo a su paso», había dicho.

Hervé Meunier me acompaña hasta la calle. Me desea buena suerte. Tiene usted aspecto de ser una persona de bien, señora Guerbette. Una persona de bien, nada menos. Una persona con dieciocho millones, sí. Una fortuna que él, por muchas reverencias que haga, no conseguirá jamás. Es curioso que a menudo los lacayos den la impresión de poseer la riqueza de sus señores. Y, en ocasiones, con una maestría tal que te dejas llevar hasta convertirte tú en su lacayo. El lacayo del lacayo. No exagere, señor Meunier, digo retirando la mano, que él mantiene con una insistencia húmeda entre la suya. Baja los ojos y entra en el inmueble, donde acerca su tarjeta al lector para desbloquear el torniquete. Va a regresar al decorado de su despacho, en el que nada es de su propiedad, ni siquiera la gruesa moqueta o el cuadro de los edificios colgado en la pared. Es de la familia de esos cajeros de banco que cuentan miles de billetes, los cuales no hacen sino quemarles los dedos.

Hasta el día que...

Recorro la calle Jean-Jaurès hasta la estación de metro de Boulogne-Jean Jaurès, línea 10, dirección Gare d'Austerlitz, transbordo en La Motte-Picquet. Miro mi papelito. Tomar la 8, dirección Créteil-Préfecture, y bajar en Madeleine; cruzar el bulevar de la Madeleine, bajar por la calle Duphot, girar a la izquierda en la calle Cambon y seguir hasta el 31.

Apenas tengo tiempo de alargar la mano cuando la puerta se abre sola por obra y gracia de un portero. Dos pasos y penetro en otro mundo. Hace fresco. La luz es suave. Las dependientas son guapas y discretas; una de ellas se acerca, susurra, ¿puedo ayudarla, señora? Estoy mirando, estoy mirando, mascullo, impresionada, pero es ella la que me mira a mí.

Mi viejo abrigo gris, pero comodísimo, no se lo pueden ni imaginar, mis zapatos planos –los he elegido esta mañana porque en el tren se me hinchan los pies–, mi bolso informe, gastado; la chica me sonríe, no dude en preguntarme todo lo que quiera. Se aleja, discreta, con clase.

Me acerco a una bonita chaqueta bicolor de *tweed* de lino y algodón, 2.490 euros. A las gemelas les encantaría.

Tendría que llevarme dos, 4.980 euros. Un precioso par de sandalias de PVC con tacón de 90 mm, 1.950 euros. Unos mitones de napa con forma sesgada en el puño, 650 euros. Un reloj sencillísimo de cerámica blanca, 3.100 euros. Un maravilloso bolso de piel de cocodrilo, a mamá le habría encantado, pero jamás se hubiera atrevido; precio a consultar.

¿A partir de cuánto se considera que es un precio a consultar?

De pronto, una actriz que no recuerdo nunca cómo se llama sale de la tienda. Lleva una bolsa grande en cada mano. Pasa tan cerca de mí que me llega el efluvio de su perfume, algo pesado, un poco mareante; vagamente sexual. El portero hace una reverencia que ella ni advierte. Fuera, su chofer se acerca precipitadamente y agarra las dos bolsas. Ella se mete en un gran coche negro y desaparece tras los cristales oscuros, engullida.

¡De película!

Yo también, Jocelyne Guerbette, mercera de Arras, podría desvalijar la tienda Chanel, alquilar los servicios de un chofer y desplazarme en una limusina; pero ¿para qué? La soledad que he visto en el rostro de esa actriz me ha aterrado. Así que me dispongo a salir discretamente de la tienda de ensueño, la dependienta me dirige una sonrisa educadamente desolada y el portero me abre la puerta, aunque no tengo derecho a la reverencia, o no la advierto.

Fuera sopla un aire frío. El ruido de las bocinas de los coches, la amenaza de las impaciencias, los deseos asesinos de los automovilistas, los mensajeros kamikazes en la calle Rivoli, a unas decenas de metros, de repente todo me tranquiliza. Se acabó la gruesa moqueta, se acabaron las reverencias empalagosas. Por fin violencia ordinaria.

Dolor mezquino. Tristeza que no sale al exterior. Olores brutales, vagamente animales, químicos, como en Arras detrás de la estación. Mi verdadera vida.

Me dirijo entonces hacia el Jardín de las Tullerías; aprieto contra mi vientre mi bolso feo, mi *caja de caudales;* Jo me ha dicho que tenga cuidado con los rateros en París. Hay bandas de niños que te desvalijan sin que te des cuenta de nada. Mendigas con recién nacidos que no lloran nunca y a duras penas se mueven, drogados con Dénoral o con Hexapneumine. Pienso en *El prestidigitador* de El Bosco, a mamá le encantaba ese cuadro; le gustaban hasta los más pequeños detalles, como las bolitas de nuez moscada que están sobre la mesa.

Recorro la alameda de Diana hasta la exedra norte, donde me siento en un banquito de piedra. Un charco de sol se extiende a mis pies. Súbito deseo de ser Pulgarcita. De zambullirme en ese charco de oro. Calentarme en él. Abrasarme.

Curiosamente, incluso cercadas de coches y de horribles *scooters,* acorraladas entre la calle Rivoli y el Quai Voltaire, las partículas de aire me parecen más claras, más limpias. Sé perfectamente que eso no es posible. Que es fruto de mi imaginación, de mi miedo. Saco el sándwich del bolso; me lo ha preparado Jo esta mañana, cuando fuera todavía estaba oscuro. Dos tostadas, atún y un huevo duro. Le he dicho déjalo, me compraré algo en la estación, pero él ha insistido, son unos ladrones, sobre todo en las estaciones, te cobran ocho euros por un sándwich y no está tan bueno como los que hago yo, ni siquiera está garantizado que esté recién hecho.

Mi Jo. Tan atento. Está muy bueno tu sándwich.

A unos metros, una estatua de Apolo persiguiendo a Dafne y la de Dafne perseguida por el mismo Apolo. Más lejos, una Venus calipigia; «calipigio», adjetivo cuya definición recuerdo haber aprendido en clase de dibujo: de bellas nalgas. O sea, grande, gordo. Como yo. Y aquí estoy, una persona cualquiera de Arras, sentada sobre mis bellas nalgas, comiéndome un sándwich en el Jardín de las Tullerías de París como una estudiante cuando en el bolso llevo una fortuna.

Una fortuna aterradora porque de repente me doy cuenta de que Jo tiene razón.

Ni siquiera por ocho euros, por doce, por quince, podría comprar un sándwich tan bueno como el suyo.

Más tarde –todavía tengo tiempo antes de que salga el tren– voy a rebuscar al mercado de Saint-Pierre, en la calle Charles Nodier. Es mi cueva de Alí Babá.

Mis manos se sumergen entre las telas, mis dedos tiemblan en contacto con el organdí, el fieltro fino, el yute, el *patchwork*. Siento entonces la embriaguez que debió de sentir aquella mujer que pasó encerrada toda una noche en una tienda Sephora, en el bonito anuncio de televisión. Ni todo el oro del mundo podría comprar este vértigo. Aquí todas las mujeres son guapas. Les brillan los ojos. Viendo un pedazo de tela ya imaginan un vestido, un cojín, una muñeca. Fabrican sueños; tienen la belleza del mundo en la yema de los dedos. Antes de irme compro tela Bemberg, cinta de polipropileno, cinta serpentina y pompones de fantasía.

La felicidad cuesta menos de cuarenta euros.

Durante los cincuenta minutos del trayecto, dormito en la atmósfera acolchada del tren de alta velocidad. Me pregunto si Román y Nadine no necesitan nada ahora que puedo comprárselo todo. Román podría montar su propia crepería. Nadine, hacer todas las películas que quisiera y no depender del éxito para llevar una vida decente. Pero ¿se recupera con eso el tiempo que no hemos pasado juntos? ¿Las vacaciones lejos unos de otros, las ausencias, las horas de soledad y de frío? ¿Los miedos?

¿Reduce el dinero las distancias? ¿Acerca a las personas?

Y tú, Jo, si supieras todo esto, ¿qué harías? Dímelo, ¿qué harías?

Jo me esperaba en la estación.

En cuanto me vio, apretó el paso, aunque sin llegar a correr. Me abrazó en el andén. Esa efusión inesperada me sorprendió; me eche a reír con cierta incomodidad. Jo, Jo, ¿qué pasa? Jo, me susurró él al oído, me alegro de que hayas vuelto.

Ahí lo tienen.

Cuanto más grandes son las mentiras, menos las vemos venir.

Jo aflojó el abrazo, su mano descendió hasta la mía y fuimos andando hasta casa. Le conté mi jornada. Inventé por encima una reunión con Filagil Sabarent, mayorista en el distrito III. Le enseñé las maravillas que había comprado en el mercado de Saint-Pierre. ¿Y mi sándwich? ¿No estaba bueno mi sándwich?, preguntó. Me puse entonces de puntillas y lo besé en el cuello. El mejor del mundo. Como tú.

Françoise entró precipitadamente en la mercería.

¡Ya está!, dijo, ¡ha ido a por el cheque! Es una mujer. Lo pone aquí, en *La Voix du Nord,* alguien de Arras que quiere conservar el anonimato. ¡Aquí, mira! ¿Te das cuenta? ¡Ha esperado hasta el último minuto! Yo habría ido enseguida, habría tenido demasiado miedo de que no me pagaran si me retrasaba. ¡Dieciocho millones! ¿Te das cuenta, Jo? De acuerdo, no son los cien millones de Venelles, pero ellos eran quince, solo les tocaron seis millones a cada uno, mientras que en este caso son dieciocho millones para ella sola, ¡dieciocho millones!, ¡más de mil años de salario mínimo, Jo, mil años, se dice pronto! Danièle entró también. Estaba colorada como un tomate. Traía tres cafés. Madre mía, dijo, menuda historia. He pasado por el estanco y nadie sabe quién es, ni siquiera ese cotilla que trabaja de aprendiz con Jean-Jac. Françoise la interrumpió. No tardaremos en ver un Maserati o un Cayenne, y entonces sabremos quién es. Esos coches no son de mujer, es más probable que veamos un Mini o un Fiat 500.

A lo mejor no se compra ningún coche, a lo mejor no cambia en nada la vida que lleva, intervine en plan aguafiestas.

Las gemelas se echaron a reír. ¿Qué pasa, que tú no cambiarías nada? ¿Te quedarías aquí, en tu pequeña mercería, vendiendo retales para mantener ocupadas a buenas mujeres que se aburren, que ni siquiera se atreven a tener amantes? ¡Ah, no! Tú harías lo mismo que nosotras, cambiarías de vida, te comprarías una bonita casa en la costa, en Grecia tal vez, harías un viaje maravilloso, te comprarías un precioso coche, harías regalos a tus hijos, y a tus amigas, añadió Françoise; renovarías tu vestuario, irías a París de tiendas, no mirarías nunca más el precio de las cosas, claro que no, y como te sentirías culpable, incluso harías una donación para la lucha contra el cáncer. O contra la miopatía. Me encogí de hombros. Todo eso puedo hacerlo sin que me haya tocado la lotería, dije. Sí, pero no es lo mismo, replicaron ellas, no es lo mismo en absoluto. No puedes...

Entró una clienta y tuvimos que callar, tragarnos nuestro parloteo.

La mujer miró con desenvoltura las asas para bolso, sopesó una de abacá rígido y a continuación, volviéndose, me preguntó por Jo. La tranquilicé y le di las gracias.

Espero que mi chaleco le gustara, dijo, un chaleco verde con botones de madera, luego me contó al borde de las lágrimas que su hija soltera estaba en el hospital, a punto de morir a causa de esa gripe perversa. Yo no sé qué más hacer, qué más decir. Se expresa usted tan bien en su blog, Jo, ¿qué puedo decirle para despedirme de ella? ¿Puede usted sugerirme unas palabras? Por favor.

Danièle y Françoise se esfumaron. Aunque hubieran tenido dieciocho millones, aunque cada una de nosotras hubiera tenido dieciocho millones, de repente nos habíamos quedado sin nada frente a esa madre.

Cuando llegamos al hospital, a su hija soltera la habían trasladado a cuidados intensivos.

Había escondido el cheque bajo la plantilla de un zapato viejo.

Algunas noches esperaba a que Jo empezara a roncar para levantarme de la cama, ir sin hacer ruido hasta el armario, meter la mano en el zapato y sacar el tesoro de papel. Hecho esto, me encerraba en el cuarto de baño y allí, sentada sobre la taza del váter, desdoblaba el cheque y lo miraba.

Los números me daban vértigo.

Para mi dieciocho cumpleaños, papá me había regalado el equivalente de dos mil quinientos euros. Es mucho dinero, había dicho. Con eso puedes pagar la fianza de un piso, puedes hacer un buen viaje, puedes comprarte todos los libros de moda que quieras o un pequeño coche de segunda mano, si lo prefieres; y entonces me había parecido que era muy rica. Hoy comprendo que fui rica en su confianza, que es la mayor riqueza.

Un lugar común, lo sé. Pero cierto.

Antes de que sufriera el ictus cerebral que lo tiene encerrado en un bucle de seis minutos de presente, había trabajado más de veinte años en la ADMC, la fábrica química de Tilloy-les-Mofflaines, a cuatro kilómetros de Arras. Supervisaba la fabricación de cloruro de dimetil amonio y de glutaraldehído. Mamá exigía que se duchara de forma sistemática en cuanto llegaba a casa del trabajo. Papá sonreía y se prestaba de buen grado a esa exigencia. Si bien el glutaraldehído era, efectivamente, soluble en agua, no sucedía lo mismo en el caso del cloruro de dimetil. Pero en casa los tomates nunca se pusieron azules, los huevos no empezaron a explotar y a ninguno de nosotros nos salieron tentáculos en la espalda. Al parecer, el jabón de Marsella obraba milagros.

Mamá daba clases de dibujo en primaria y los miércoles por la tarde se encargaba del taller con modelo vivo en el Museo de Bellas Artes. Manejaba el lápiz con un gusto exquisito. El álbum de fotos de nuestra familia es un cuaderno de dibujo. Mi infancia se parece a una obra de arte. Mamá era guapa y papá la quería.

Miro ese maldito cheque y es él quien me mira a mí.

Quien me acusa.

Sé que nunca mimamos bastante a nuestros padres y que cuando tomamos conciencia de ello ya es demasiado tarde. Para Román ya no soy más que un número de teléfono en la memoria de un teléfono móvil, recuerdos de vacaciones en Bray-Dunes y algunos domingos en la bahía de Somme. No me mima, como tampoco yo mimé a mis padres. Siempre transmitimos nuestros errores. Nadine es diferente. Ella no habla. Ella da. Aprender a descodificar, a recibir, es cosa nuestra. Desde la pasada Navidad me envía sus peliculitas desde Londres, por Internet.

La última dura un minuto.

Hay un solo plano y unos efectos de zoom un poco violentos. Se ve a una anciana en un andén, en Victoria

Station. Tiene el pelo blanco; parece una gran bola de nieve. Ha bajado de un tren, da unos pasos y deja en el suelo la maleta, demasiado pesada. Mira a su alrededor; la multitud la rodea, como el agua a un guijarro; y de repente está completamente sola, minúscula, olvidada. La mujer no es una actriz. La multitud no es una multitud de figurantes. Es una imagen real. Gente real. Una historia real. Un fracaso corriente. Para la banda sonora, Nadine ha elegido el *adagietto* de la Quinta sinfonía de Mahler, y ha convertido ese minuto en el minuto más conmovedor que yo haya visto jamás sobre el dolor del abandono. De la pérdida. Del miedo. De la muerte.

Doblo de nuevo el cheque. Lo asfixio en mi puño.

He empezado a adelgazar.

Creo que es el estrés. Ya no voy a casa a mediodía, me quedo en la mercería. No como. Las gemelas manifiestan su preocupación, yo pongo como excusa un retraso en las cuentas, unos pedidos pendientes, el blog. Ahora tengo cerca de ocho mil visitas al día. He aceptado que haya publicidad y, con el dinero que saco, puedo pagarle a Mado. Desde que una infección pulmonar llevó a su hija soltera a cuidados intensivos el mes pasado, Mado tiene tiempo. Ahora tiene un excedente de palabras. Un excedente de amor. Rebosa de cosas inútiles, de recetas que no volverá a hacer –una tarta de puerros, un bizcocho con azúcar moreno–, de cancioncillas para los nietos que no tendrá. Todavía llora de vez en cuando en medio de una frase, o cuando oye una canción, o cuando entra una chica y pide cinta de sarga o *grosgrain* para su madre. Ahora trabaja con nosotros. Contesta a los mensajes que dejan las lectoras de *diezdedosdeoro;* y desde que nos hemos incorporado a una web comercial, se ocupa de los pedidos y hace el seguimiento. Su hija se llamaba Barbara. Tenía la edad de Román.

Mado tiene a las gemelas en un pedestal; están locas, me dice, pero van siempre con las pilas puestas. Desde que me ayuda con el blog, emplea expresiones juveniles.

¡Qué pasada!

Todos los miércoles va a comer con Danièle y Françoise al Deux Frères, en la calle Taillerie. Piden una ensalada, una Perrier y a veces una copa de vino, pero sobre todo rellenan sus boletos. Rebuscan en su memoria para dar con los números mágicos. Un cumpleaños. La fecha de un encuentro amoroso. Su peso ideal. Su número de la seguridad social. El de la casa donde vivían de pequeñas. La fecha de un beso, de una primera vez; el día, inolvidable, de un disgusto que no puede ser consolado. Un número de teléfono que ya no responde.

Todos los miércoles por la tarde, cuando vuelve, Mado tiene los ojos brillantes, redondos como bolas de la Loto. Y todos los miércoles por la tarde me dice: ¡Ay, Jo, si me tocara, si me tocara, Jo, no se imagina todo lo que haría!

Y hoy, por primera vez, le pregunto, ¿qué haría, Mado? No lo sé, responde. Pero sería extraordinario.

Ha sido hoy cuando he empezado la lista.

Lista de mis necesidades.

Una lámpara para la mesa de la entrada.

Un perchero de pie (estilo bistrot*).*

Una especie de bandeja para dejar las llaves y el correo. (¿De Cash Express?)

Dos sartenes Tefal.

Un microondas.

Un pasapurés.

Un cuchillo para el pan.

Un pelaverduras. (¿De verdad se necesita algo así, con dieciocho millones en el bolsillo?)

Paños de cocina.

Una cuscusera.

Dos pares de sábanas para nuestra cama.

Un edredón y una funda nórdica.

Una alfombrilla antideslizante para la bañera.

Una cortina para la ducha (¡de flores no!).

Un botiquín (de pared).

Un espejo de aumento luminoso. (Visto en Internet. Marca Babyliss, 62,56 euros sin los gastos de envío.)

Unas pinzas de depilar.

Unas zapatillas de estar por casa para Jo.

Tapones para los oídos. (¡Como protección contra los ronquidos!)

Una alfombrilla para el dormitorio de Nadine.

Un bolso. (¿De Chanel? Mirar también en Dior.)

Un abrigo. (Mirar otra vez en Caroll, calle Rouille. Bonito abrigo 30% lana, 70% alpaca. Muy cómodo. Me hace más delgada. 330 euros.)

Una Blackberry (por el blog).

Un billete de tren para ir a Londres. (Con Jo. Dos días como mínimo.)

Un transistor pequeño para la cocina.

Una tabla de planchar.

Una plancha. (Precioso centro de planchado Calor visto en Auchan, 300,99 euros.)

Un quitaesmalte y una mascarilla reparadora para el pelo. (Marionnaud, 2,90 y 10,20 euros.)

Bella del Señor. *(Leerla otra vez. Vista en edición de bolsillo en Brunet.)*

Un ejemplar de Las finanzas personales para dummies.

Calzoncillos y calcetines para Jo.

Un televisor de pantalla plana. (¿¿¿???)

La colección completa de James Bond *en DVD. (¿¿¿???)*

La periodista ha vuelto.

Ha traído cruasanes y una pequeña grabadora. No puedo escabullirme.

No, no sé cómo empezó esto. Sí, sentí deseos de compartir mi pasión. No, nunca pensé realmente que esto interesaría a tantas mujeres. No, *diezdedosdeoro* no es para vender. No lo hago por dinero. No, yo creo que el dinero no compra este tipo de cosas. Sí, es verdad, gano dinero con la publicidad. Eso me permite pagar un sueldo, el de Mado.

Sí, me gusta hacerlo, y sí, estoy orgullosa. No, no se me sube a la cabeza, además, no, no se puede hablar verdaderamente de éxito. Sí, el éxito es peligroso cuando uno empieza a dejar de dudar de sí mismo. Ah, sí, yo dudo de mí misma todos los días. No, mi marido no me ayuda de ninguna manera en el blog. Piensa conmigo en la manera de almacenar las cosas, sí, porque las ventas van bien; ayer mismo hasta mandamos un kit de punto de cruz a Moscou. ¿A Moscú? Me río. Moscou es un barrio que está junto al Canal del Midi, en Toulouse. Ah. No, no hay ningún mensaje en lo que hago. Simplemente, placer, paciencia. Sí, creo que no todo lo que viene del pasado está pasado de moda. Hacer cosas con tus propias manos encierra algo muy hermoso; tomarse tiempo es importante. Sí, pienso que todo va demasiado deprisa. Hablamos demasiado deprisa. Reflexionamos demasiado deprisa, ¡cuando reflexionamos! Enviamos correos electrónicos, textos sin releerlos, perdemos la elegancia de la ortografía, la cortesía, el sentido de las cosas. He visto a niños publicar en Facebook unas fotos de ellos mismos vomitando. No, no, no estoy en contra del progreso; simplemente tengo miedo de que aísle más a la gente. El mes pasado una chica decidió morir, avisó a sus 237 amigos y nadie le contestó. ¿Perdón? Sí, está muerta. Se ahorcó. Nadie le dijo que eso suponía veinte minutos de dolores atroces. Que uno siempre desea que lo salven, que únicamente el silencio responde a las súplicas asfixiadas. Bien, puesto que me pide con tanta insistencia una fórmula, yo diría que *diezdedosdeoro* es como los dedos de una mano. Las mujeres son los dedos y la mano, la pasión. ¿Puedo citarla? No, no, es ridículo. Al contrario, a mí me parece conmovedor. Es una imagen muy bonita.

Desconecta la grabadora.

Creo que tengo un montón de cosas estupendas para mi artículo, se lo agradezco, Jo. Ah, una última pregunta. ¿Ha oído hablar de esa habitante de Arras a la que le han tocado dieciocho millones en la Loto? De pronto me pongo en guardia. Sí. Si fuera usted, Jo, ¿qué haría con el dinero? Yo no sé qué contestar. Ella prosigue. ¿Desarrollaría *diezdedosdeoro?* ¿Ayudaría a esas mujeres que están solas? ¿Crearía una fundación? Balbuceo.

Pu... pues... no sé. Eso... eso no ha pasado. Además, no soy una santa, ¿sabe? Mi vida es sencilla y me gusta como es.

Jo, se lo agradezco.

–Papá, me han tocado dieciocho millones.

Papá me mira. No da crédito a sus oídos. Su boca se despliega en una sonrisa que se transforma en risa. Una risa nerviosa al principio, que acaba siendo de alegría. Se seca las lagrimillas que asoman en sus ojos. Es fantástico, hija mía, estarás contenta. ¿Se lo has dicho a mamá? Sí, se lo he dicho. ¿Y qué vas a hacer con todo ese dinero, Jocelyne, tienes alguna idea? De eso se trata, papá, no lo sé. ¿Cómo que no lo sabes? Todo el mundo sabría qué hacer con semejante cantidad. Puedes tener una vida nueva. Pero a mí me gusta mi vida, papá. ¿Crees que Jo seguiría amándome tal como soy si lo supiera? ¿Estás casada?, me pregunta. Bajo los ojos. No quiero que vea mi tristeza. ¿Tienes hijos, cariño? Porque, si los tienes, mímalos; nunca mimamos bastante a los hijos. ¿Yo te mimo, Jo? Sí, papá, todos los días. Ah, eso está bien. Nos haces reír a mamá y a mí; incluso cuando haces trampas jugando al Monopoly y juras que no has sido tú, que el billete de 500 estaba ahí, en el montón de tus billetes de 5. Mamá es feliz contigo. Todos los días, cuando vuelves a casa por la noche, en el preciso momento en que oye la llave en la cerradura, hace un gesto muy bonito: se retira de la cara un mechón pasándolo por detrás de la oreja y se mira furtivamente en el espejo, quiere estar guapa para ti. Quiere ser tu regalo. Quiera ser tu Bella, tu Bella del Señor. ¿Sabes si tu madre tardará? Porque tiene que traerme el periódico y espuma de afeitar, ya no me queda. Enseguida vendrá, papá, enseguida vendrá. Ah, muy bien, perfecto. ¿Cómo se llama usted?

Se acaban enseguida, los seis putos minutos.

Este fin de semana Jo me lleva a Le Touquet.

He adelgazado más y está preocupado. Trabajas demasiado, dice. La mercería, el blog, la tristeza de Mado. Tienes que descansar.

Ha reservado una habitación en el modesto hotel de la Forêt. Llegamos hacia las cuatro de la tarde.

En la autopista nos han adelantado siete Porsche Cayenne y he visto todas las veces su mirada anhelante. Sus destellos de ilusión. Más brillantes que de costumbre.

Nos refrescamos en el húmedo cuarto de baño y bajamos hacia la playa por la calle Saint-Jean. Me compra unos bombones en el Chat Bleu. Estás loco, le susurro al oído. Tienes que ponerte fuerte, dice él sonriendo. El chocolate contiene magnesio, es un antiestrés. Cuánto sabes, Jo.

De nuevo en la calle, me da la mano. Eres un marido maravilloso, Jo; un hermano mayor, un padre, eres todos los hombres que una mujer puede necesitar.

Incluso su enemigo, me temo.

Caminamos un buen rato por la playa.

Unos carros a vela pasan a gran velocidad junto a nosotros; sus alas restallan y me sobresaltan como cuando pasaban bandadas de golondrinas a ras de suelo junto a la casa de mi abuela, en los veranos de mi infancia. Fuera de temporada Le Touquet parece una postal. Jubilados, perros labradores, jinetes y a veces algunas mujeres jóvenes paseando por el malecón con un cochecito de niño. Fuera de temporada Le Touquet está fuera del tiempo. El viento nos azota la cara, el aire salado nos seca la piel; temblamos, estamos en paz.

Si Jo supiera, el barullo estaría garantizado, se liaría una buena. Si supiera, ¿no querría islas al sol, cócteles ligeramente ácidos, arena ardiente? ¿Una habitación inmensa, sábanas frescas, copas de champán?

Caminamos una hora más y damos media vuelta hacia el hotel. Jo entra en el bar y pide una cerveza sin alcohol. Yo subo a darme un baño.

Miro mi cuerpo desnudo en el espejo del cuarto de baño. Los michelines se han reducido, los muslos parecen más delgados. Tengo un cuerpo en tránsito entre dos pesos. Un cuerpo impreciso. Pero aun así lo encuentro hermoso. Conmovedor. Anuncia una eclosión. Una fragilidad nueva.

Me digo que, si fuera rica, lo encontraría feo. Querría remodelarlo todo. Aumento de pecho. Liposucción. Abdominoplastia. *Lifting* braquial. Y quizá una ligera blefaroplastia.

Ser rico es ver todo lo que es feo, porque uno tiene la arrogancia de pensar que puede cambiar las cosas. Que basta pagar para conseguirlo.

Pero yo no soy rica. Yo simplemente poseo un cheque de dieciocho millones quinientos cuarenta y siete mil trescientos un euros y veintiocho céntimos, doblado en ocho y escondido en el fondo de un zapato. Simplemente poseo la tentación. Otra vida posible. Una casa nueva. Un televisor nuevo. Montones de cosas nuevas.

Pero nada diferente.

Más tarde, me reúno con mi marido en el restaurante. Ha pedido una botella de vino. Brindamos. Por que nada cambie y todo dure, dice. *Nada diferente.*

Gracias al cielo por no haberme hecho cobrar todavía el cheque.

Lista de mis deseos.

Ir de vacaciones Jo y yo solos. (Al cámping La Sonrisa no. ¿A la Toscana?)

Pedir que cambien a papá de habitación.

Llevar a Román y a Nadine a la tumba de mamá. (Hablarles de ella. De sus brioches, ¡ñam, ñam!)

Cortarme el pelo.

Ropa interior sexy, *de color rojo. (¡Jo, te vas a volver loco!)*

El abrigo de Caroll antes de que se acaben las existencias. ¡¡¡RÁPIDO!!!

Redecorar el salón. (¿¿¿Televisor de pantalla plana???)

Cambiar la puerta del garaje por una automática.

Comer un día en Taillevent, en París. (Leyendo un artículo sobre él en Elle à Table *se me hacía la boca agua.)*

Una noche entera con las gemelas comiendo foie gras con pan de especias acompañado de vinos finos y hablando de hombres.

Pedirle a Jo que haga un cobertizo para los cubos de basura en el patio. (¡¡¡Odio el reciclado!!!)

Volver a Étretat.

Pasar una semana en Londres con Nadine. (Compartir su vida. Mimos. Leerle El principito. *¡Dios mío, estoy loca!)*

Atreverme a decirle a Román que la novia que trajo la pasada Navidad me pareció antipática, vulgar y desagradable. (Enviarle dinero.)

Hacerme tratamientos de belleza en un spa. *(Cosquillas indiscretas. ¿Esthederm? ¿Simone Mahler?) Ocuparme de mí. ¡Vamos, todos fuera de casa!*

Comer mejor.

Hacer régimen. (Las 2 cosas.)

Bailar con Jo a los acordes de «L'Été indien» el próximo 14 de julio.

Comprar la colección de James Bond *en DVD. (¿¿¿???)*

Invitar a la periodista a comer. (Hacerle un regalo a su madre.)

Un bolso de Chanel.

Louboutin.

Hermès. (¡Pedir que me enseñen un montón de fulares y decir no sé, me lo voy a pensar!)

Comprar un cronógrafo Seiko.

Decirle a todo el mundo que ha sido a mí a quien le han tocado los dieciocho millones. (Dieciocho millones quinientos cuarenta y siete mil trescientos un euros y veintiocho céntimos, para ser exactos.)

Ser deseada. (¡¡¡Por fin!!!) (Tiene gracia escribir «ser deseada» en la lista de mis deseos.)

Pasar por la casa Porsche. (¿La de Lille? ¿La de Amiens?) Pedir información sobre el Cayenne.

Ir a ver al menos una vez a Johnny Hallyday en concierto. Antes de que se muera.

Un 308 con un GPS. (¿¿¿???)

Que me digan que soy guapa.

Estuve a punto de tener un amante.

Justo después del nacimiento del cuerpo sin vida de Nadège. Cuando Jo rompió cosas en casa y dejó de beberse ocho o nueve cervezas por la noche, repanchingado delante del Radiola.

En ese momento fue cuando se volvió malo.

Borracho era simplemente un vegetal de dimensiones considerables. Una cosa blanda; todo lo que una mujer detesta en un hombre, vulgaridad, egoísmo, inconsciencia. Pero estaba tranquilo. Un vegetal. Una salsa solidificada.

No, a Jo fue la sobriedad lo que le hizo cruel. Al principio yo lo achaqué al mono. Había sustituido su casi decena de cervezas por el doble de Tourtel. Cualquiera hubiera dicho que quería bebérselas todas para encontrar el famoso uno por ciento de alcohol que supuestamente contenían, según la letra diminuta de las etiquetas, y recuperar la embriaguez añorada. Pero en el fondo de las botellas, y de él, no había otra cosa que esa maldad. Esas palabras dañinas en su boca: ha sido tu cuerpo grasiento lo que ha asfixiado a Nadège. Cada vez que te sentabas, la estrangulabas. Mi niña ha muerto porque tú no te has cuidado. Tu cuerpo es un cubo de basura, Jo, un enorme y asqueroso cubo de basura. Eres una cerda. Una cerda. Una puta cerda.

Me puso a parir.

Yo no contestaba. Me decía que Jo debía de sufrir atrozmente. Que la muerte de nuestra pequeña lo enloquecía y que dirigía esa locura contra mí. Fue un año negro; todo tinieblas. Me levantaba por la noche para llorar en la habitación de Nadine, que dormía como un tronco. No quería que él me oyera, que viera el daño que me hacía. No quería esa vergüenza. Pensé cientos de veces en irme con los niños y me dije que aquello pasaría. Que su dolor acabaría por atenuarse, por desaparecer; por dejarnos. Hay desgracias tan agobiantes que no tenemos más remedio que dejar que se vayan. No podemos conservarlo todo, retenerlo todo. Yo tendía los brazos en la oscuridad; los abría esperando que mamá viniera a acurrucarse en ellos. Rezaba para que me irradiara su calor, para que las tinieblas no me llevaran. Pero las mujeres siempre están solas ante el mal causado por los hombres.

Si no llegué a morir en aquella época fue gracias a una frase banal. Y a la voz que la había pronunciado. Y a la boca de la que había salido. Y al atractivo rostro en el que aquella boca sonreía.

–Permítame que la ayude.

Niza, 1994.

Hace ocho meses que enterramos el cuerpo de Nadège. Ataúd blanco lacado horrible. Dos palomas de granito emprendiendo el vuelo sobre la lápida. Yo vomité, no pude soportarlo. El doctor Caron padre me había prescrito unos medicamentos. Después, reposo. Después, aire sano.

Era el mes de junio. Jo y los niños se habían quedado en Arras. La fábrica, el final de curso; sus veladas sin mí; recalentar platos en el microondas, ver cintas de vídeo, películas tontas que uno se atreve a ver cuando mamá no está; veladas diciéndose que volverá muy pronto, que se pondrá mejor. Un pequeño duelo.

Le había dicho al doctor Caron padre que ya no soportaba la crueldad de Jo. Le dije palabras que nunca había pronunciado hasta entonces. Debilidades; mis miedos de mujer. Había verbalizado mi pavor. Había sentido vergüenza, me quedé helada, petrificada. Había llorado y babeado, aprisionada entre sus viejos brazos huesudos; entre sus zarpas.

Había llorado de asco por mi marido. Me había hecho cortes en mi cuerpo asesino; la punta del cuchillo de carne había dibujado gritos en mis antebrazos; me había embadurnado la cara con mi sangre culpable. Había enloquecido. La ferocidad de Jo me había consumido, había aniquilado mis fuerzas. Me había cortado la lengua para hacerlo callar, me había reventado los oídos para dejar de oírlo.

Y cuando el doctor Caron padre me dijo, con su mal aliento, quiero que haga una cura, sola, tres semanas, voy a salvarla, Jocelyne, entonces su mal aliento trajo la luz.

Y yo me fui.

A Niza, al centro Sainte-Geneviève. Las monjas dominicas eran encantadoras. Viendo sus sonrisas, se habría dicho que no había ningún horror humano que ellas no pudieran concebir y, por lo tanto, perdonar. Sus rostros eran luminosos, como los de las santas que aparecían en los pequeños marcapáginas de los misales de nuestra infancia.

Compartía la habitación con una mujer de la edad que habría tenido mamá. Ella y yo éramos, como decían las monjas, pacientes «leves». Necesitábamos reposo. Necesitábamos encontrarnos. Redescubrirnos. Necesitábamos recuperar nuestra autoestima. Reconciliarnos, en una palabra. Nuestra condición de pacientes «leves» nos permitía salir.

Todas las tardes, después de la siesta, iba andando hasta la playa.

Una playa incómoda, llena de piedras. De no ser por la presencia del mar, se habría dicho que era un descampado. A la hora en que yo voy, cuando miras el agua, el sol da en la espalda. Me pongo crema. Mis brazos son demasiado cortos.

–Permítame que la ayude.

El corazón me da un vuelco. Me vuelvo.

Está sentado a dos metros de mí. Lleva una camisa blanca y unos pantalones beis. Va descalzo. Las gafas oscuras no me dejan ver sus ojos. Veo su boca. Sus labios del color de una fruta de la que acaban de salir esas cuatro palabras audaces. Sonríen. Entonces, la prudencia atávica de todas esas mujeres anteriores a mí aflora a la superficie:

–No está bien.

–¿Qué es lo que no está bien? ¿Que yo quiera ayudarla o que usted acepte?

Dios mío, me sonrojo. Cojo la blusa y me cubro los hombros.

–De todas formas, ya me iba.

–Yo también –dice él.

No nos movemos. Mi corazón se acelera. Él es atractivo y yo no soy guapa. Es un depredador. Un ligón. Un mal tipo, estoy segura. Nadie te aborda así en Arras. Ningún hombre se atreve a hablarte sin haber preguntado previamente si estás casada. En cualquier caso, si estás con alguien. Él no. Él entra sin llamar. Empujando la puerta. Poniendo un pie para mantenerla abierta. Y a mí me gusta eso. Me levanto. Él ya está de pie. Me ofrece su brazo. Me apoyo en él. Mis dedos notan el calor sobre su piel bronceada. La sal ha dejado en ella marcas de un blanco sucio. Nos vamos de la playa. Caminamos por el Paseo de los Ingleses. Nos separa apenas un metro. Más allá, cuando estamos frente al Negresco, su mano me agarra del codo para cruzar, como si fuera ciega. Me gusta ese vértigo. Cierro los ojos, los mantengo así un rato; me he abandonado a su voluntad. Entramos en el hotel. Mi corazón se acelera. He perdido el juicio. ¿Qué me pasa? ¿Voy a acostarme con un desconocido? Estoy loca.

Pero su sonrisa me tranquiliza. Y su voz.

–Venga. La invito a un té.

Pide dos Orange Pekoe.

–Es un té ligero, originario de Ceilán, agradable para beber por la tarde. ¿Ha estado en Ceilán?

Río. Bajo los ojos. Tengo quince años. Una modistilla.

–Es una isla situada en el océano Índico, a menos de cincuenta kilómetros de la India. Pasó a llamarse Sri Lanka en 1972, cuando...

Lo interrumpo.

–¿Por qué hace esto?

Deja la taza de Orange Pekoe con delicadeza. A continuación me agarra la cara con las manos.

–La vi de espaldas en la playa y toda la soledad de su cuerpo me conmovió.

Es atractivo. Como Vittorio Gassman en *Perfume de mujer.*

Entonces acerco mi cara a la suya, mis labios buscan los suyos, los encuentran. Es un beso raro, inesperado; un beso tibio con sabor a océano Índico. Es un beso que dura, un beso que lo dice todo; mis carencias, sus deseos, mis sufrimientos, sus impaciencias. Nuestro beso es mi rapto anhelado, mi venganza; es todos los besos que no he tenido: el de Fabien Derôme del último curso de primaria, el de mi tímida pareja de «L'Été indien», el de Philippe de Gouverne, al que nunca me atreví a abordar, los de Solal, el príncipe azul, Johnny Depp y el Kevin Costner de antes de los implantes; todos los besos con los que sueñan las chicas; los de antes de Jocelyn Guerbette. Aparto suavemente a mi desconocido.

Mi murmullo.

–No.

Él no insiste.

Si puede leer en mi alma simplemente mirándome la espalda, ahora, viendo mis ojos, sabe el miedo que tengo de mí misma.

Soy una mujer fiel. La maldad de Jo no es una razón suficiente. Mi soledad no es una razón suficiente.

Regresé al día siguiente a Arras. La cólera de Jo había quedado atrás. Los niños habían preparado sándwiches calientes y alquilado *Sonrisas y lágrimas*.

Pero nada es nunca tan sencillo.

Desde la publicación del artículo en *L'Observateur de l'Arrageois*, es una locura.

La mercería está siempre llena. *Diezdedosdeoro* contabiliza once mil visitas al día. Tenemos más de cuarenta pedidos diarios en nuestra web. Recibo treinta currículos todas las mañanas. El teléfono no para de sonar. Me piden que organice talleres de costura en los colegios. De bordado en los hospitales. Una residencia de ancianos quiere que dé clases de punto de media, cosas sencillas, bufandas, calcetines. El servicio de oncología infantil del centro hospitalario me encarga gorros de colores alegres. A veces, guantes de dos o tres dedos. Mado está desbordada, se ha pasado a Prosoft y, cuando le expreso mi preocupación, me contesta con una risa nerviosa que le deforma la boca, si paro, Jo, me derrumbo, y si yo me derrumbo, todo se derrumba, así que no me pare, empújeme, empújeme, Jo, por favor. Me promete que irá a ver al doctor Caron, que comerá más salmón, que no se rendirá. Por la noche, Jo repasa conmigo las normas de seguridad alimentaria o el principio de la cadena del frío, que tiene que saberse para el examen que le permitirá acceder al puesto de encargado. «Los "alimentos ultracongelados" son aquellos que se someten a un proceso llamado de "ultracongelación", por el cual la zona de cristalización máxima se rebasa con la rapidez necesaria para que la temperatura del producto, tras una estabilización térmica, se mantenga sin interrupción en unos valores iguales o inferiores a -18 grados. La congelación debe efectuarse cuanto antes con productos de calidad sanitaria, legal y comercial mediante un equipo técnico apropiado. Únicamente el aire, el nitrógeno y el anhídrido carbónico, que respetan los criterios de pureza especificados, están permitidos como fluidos frigorígenos.»

Es un alumno encantador que no se enfada nunca, salvo consigo mismo. Yo lo animo. Un día harás realidad tus sueños, Jo, y entonces él me agarra la mano, se la acerca a los labios y dice será gracias a ti, Jo, gracias a ti, y eso hace que me sonroje.

Dios mío, si tú supieras. Si tú supieras, ¿en quién te convertirías?

Las gemelas me han pedido que haga unas pulseritas de cordón encerado para venderlas en la peluquería. Cada vez que hacemos una manicura, vendemos algún abalorio, dice Françoise, así que imagínate unas pulseras de Jo después del artículo del *Observateur,* se venderán como rosquillas, añade Danièle. Hago veinte. Ese mismo día, a la hora de cerrar están todas vendidas. Con la suerte que tienes, dicen, deberías jugar a la Loto. Río con ellas. Pero tengo miedo.

Esta noche las he invitado a cenar en casa.

Jo está encantador, divertido y servicial toda la velada. Las gemelas han traído dos botellas de Veuve Clicquot. Las burbujas del champán nos desatan la lengua cuando estallan en nuestro paladar. Estamos todos ligeramente ebrios. Y la ebriedad siempre hace salir a flote los temores y las esperanzas.

Vamos a cumplir cuarenta, dice Danièle, si no encontramos un hombre este año, lo tenemos mal. Dos hombres, precisa Françoise. Reímos. Pero no tiene gracia. Quizá estemos destinadas a permanecer juntas, como si fuéramos siamesas. ¿Habéis probado en Meetic?, pregunta Jo. Por supuesto. Solo hemos conocido a tarados. En cuanto se enteran de que somos gemelas, quieren hacer un trío. A los hombres les excitan las gemelas, de repente creen que tienen dos pitos. Podríais separaros, aventura Jo. Antes muertas, replican al unísono, y se abrazan. Las copas se llenan y se vacían. Un día nos tocará un buen pellizco y mandaremos a la mierda a todos esos pobres tipos. Tendremos *gigolós,* sí, *gigolós,* hombres-kleenex, usas uno y cuando te cansas, ¡plaf!, a la basura. Hala, que pase el siguiente. Rompen a reír. Jo me mira, sonríe. Le brillan los ojos. Bajo la mesa, mi pie se pone sobre el suyo.

Voy a echar de menos a Jo.

Mañana por la mañana se va una semana a la sede del grupo Nestlé en Vevey, Suiza, para terminar su formación como encargado y convertirse en jefe de unidad en Häagen-Dazs.

A su regreso iremos a pasar un fin de semana al cabo Gris-Nez para celebrarlo. Nos daremos el capricho de comer ostras y una gran fuente de marisco. Ha reservado una espaciosa habitación en la granja de Waringzelle, a apenas quinientos metros del mar y de los miles de pájaros en tránsito hacia cielos más clementes. Estoy orgullosa de él. Va a ganar tres mil euros al mes y a disfrutar de un sistema de primas y de un seguro mejor.

Mi Jo se acerca a sus sueños. Nos acercamos a la verdad.

¿Y tú, Jocelyn?, le pregunta de pronto Danièle a mi marido, con la voz ligeramente pastosa por efecto del champán, ¿nunca has tenido fantasías con dos mujeres? Risas. Yo me hago la ofendida para que no se diga. Jo deja su copa en la mesa. Jo me satisface plenamente, responde: a veces es tan glotona que es como si fuera dos. Carcajadas de nuevo. Le doy una palmada en el brazo; no le hagáis caso, dice tonterías.

Pero la conversación degenera y me recuerda las que tenemos a la sombra de los pinos de La Sonrisa J.-J., Marielle Roussel, Michèle Henrion y yo, cuando la combinación de calor y *pastis* nos hace perder la cabeza y hablar sin pudor de nuestros pesares, nuestros miedos y nuestras carencias. Debo de tener una colección completísima de consoladores, dijo con una sonrisa triste Michèle Henrion el verano pasado; por lo menos no te dejan inmediatamente después de haberte follado ni se ponen blandos, añadió Jo, animado por la embriaguez. Con el tiempo, todas lo sabemos, el deseo desaparece de la sexualidad. Intentamos entonces despertarlo, provocarlo mediante audacias, experiencias nuevas. A mi vuelta de la cura en el centro Sainte-Geneviève de Niza, nuestros deseos se habían esfumado. Jo los había sustituido por la brutalidad. Le gustaba poseerme deprisa, me hacía daño, me sodomizaba; yo detestaba aquello, me mordía los labios hasta hacerme sangre para no gritar de dolor; pero Jo solo prestaba atención a su placer y a su semen eyaculado, se retiraba rápidamente de mi culo, se subía los pantalones y desaparecía, con una cerveza sin alcohol, en alguna habitación de la casa o en el jardín.

Cuando se van, las gemelas están un pelín colocadas, y Françoise se ha reído tanto que hasta se le ha escapado un poco de pis. Jo y yo nos quedamos solos. La cocina y el comedor parecen un campo de batalla. Es tarde. Voy a recoger, tú ve a acostarte, mañana sales temprano.

Entonces se acerca a mí y me toma de pronto entre sus brazos; me estrecha contra sí. Contra su fuerza. Su voz suena suave en mi oído. Gracias, Jo, susurra. Gracias por todo lo que has hecho. Me sonrojo; por suerte, no lo ve. Me siento orgullosa de ti, digo, anda, vete, mañana estarás cansado.

El subdirector de la fábrica viene a recogerlo a las cuatro y media de la mañana. Te prepararé un termo de café. Él me mira. Hay algo de una tristeza dulce en sus ojos. Sus labios tocan los míos, se entreabren despacio, su lengua se desliza como un reptil; es un beso de una extraña dulzura, como un primer beso.

O último.

Lista de mis locuras (con dieciocho millones en el banco).

Dejar la mercería y reanudar estudios de diseño de moda.

Un Porsche Cayenne.

Una casa en la playa. NO.

Un piso en Londres para Nadine.

Unos pechos talla 90C, he adelgazado. (NONONOOO. ¿¡Estás loca o qué!? Pues claro, precisamente por eso hago esta lista:-)

Montones de cosas de Chanel. NO.

Una enfermera a jornada completa para papá. (¡¡¡Conversación nueva cada seis minutos!!!)

Una cantidad reservada para Román. (Acabará mal.)

Hace dos días que Jo se fue.

He ido a ver a papá otra vez. Le vuelvo a hablar de mis dieciocho millones, mi suplicio. No da crédito a sus oídos. Me felicita. ¿Qué vas a hacer con todo eso, cariño? No lo sé, papá, tengo miedo. ¿Y tu madre? ¿Qué piensa ella? Todavía no se lo he contado, papá. Ven, acércate, hija mía, cuéntamelo todo. Jo y yo somos felices, digo con voz trémula. Hemos tenido altibajos como todos los matrimonios, pero hemos conseguido superar los momentos malos. Tenemos dos hijos sanos, una bonita casa, amigos, vamos de vacaciones dos veces al año. La mercería va muy bien. La web crece, ya somos ocho. Dentro de una semana, Jo será encargado y jefe de unidad en la fábrica, comprará un televisor de pantalla plana para el salón y pedirá un crédito para el coche de sus sueños. Todo esto es frágil, pero se sostiene, soy feliz. Estoy orgullosa de ti, murmura mi padre dándome la mano. Y ese dinero, papá, tengo miedo de que... ¿Quién es usted?, pregunta de pronto.

Putos seis minutos.

Soy tu hija, papá. Te echo de menos. Echo de menos tus mimos. Echo de menos el ruido de la ducha cuando volvías a casa. Echo de menos a mamá. Echo de menos mi infancia. ¿Quién es usted?

Soy tu hija, papá. Tengo una mercería, vendo botones y cremalleras porque te pusiste enfermo y tuve que hacerme cargo de ti. Porque mamá murió en la calle cuando iba a hacer la compra. Porque no he tenido suerte. Porque quería besar a Fabien Derôme y fue ese pedante de Marc-Jean Robert y sus improvisaciones para acelerar el corazón a las chicas, escritas en hojas cuadriculadas, quien se llevó mi primer beso. ¿Quién es usted?

Soy tu hija, papá. Soy tu hija única. El único hijo que has tenido. Crecí esperándote y mirando a mamá dibujar el mundo. Crecí temiendo no parecerte guapa, no ser encantadora como mamá, no ser brillante como tú. Soñé con dibujar y crear vestidos, con hacer que todas las mujeres estuvieran guapas. Soñé con *Bella del Señor,* con el príncipe azul, soñé con una historia de amor absoluto; soñé con la inocencia, con paraísos perdidos, con lagunas; soñé que tenía alas; soñé con ser amada por mí misma sin necesidad de ser condescendiente. ¿Quién es usted?

Soy la chica de la limpieza, señor. Vengo a ver si todo está en orden en su habitación. Voy a limpiarle el cuarto de baño, como todos los días, a vaciar la papelera, a cambiar la bolsa de plástico y a limpiar su caca.

Gracias, señorita, es usted un encanto.

De vuelta a casa, releo la lista de mis necesidades y me parece que la riqueza sería poder comprar todo lo que figura en ella a la vez, desde el pelador de verduras hasta el televisor de pantalla plana, pasando por el abrigo de Caroll y la alfombrilla antideslizante para la bañera. Volver a casa con todas las cosas de la lista, romper la lista y decirse ya está, ya no tengo más necesidades. Ahora solo tengo deseos. Solo deseos.

Pero eso no ocurre nunca.

Porque nuestras necesidades son nuestros pequeños sueños cotidianos. Son nuestras pequeñas cosas pendientes, que nos proyectan al día siguiente, al otro, al futuro; esas menudencias que compraremos la semana que viene y que nos permiten pensar que la semana que viene seguiremos vivos.

La necesidad de una alfombrilla de baño antideslizante nos mantiene vivos. O de una cuscusera. O de un pelador de verduras. Así que escalonamos las compras. Programamos los lugares a los que vamos a ir. A veces comparamos. Una plancha Calor con una Rowenta. Llenamos los armarios lentamente, los cajones uno a uno. Pasamos toda una vida llenando una casa; y cuando está llena, rompemos las cosas para poder reemplazarlas, para tener algo que hacer al día siguiente. Llegamos incluso a romper nuestro matrimonio para proyectarnos en otra relación, otro futuro, otra casa.

Otra vida que llenar.

He pasado por la librería Brunet, en la calle Gambetta, y he comprado *Bella del Señor* en edición de bolsillo. Aprovecho las veladas sin Jo para releerla. Pero esta vez es terrible, porque ahora sé. Ariane Deume se da un baño, habla sola, se prepara, y yo ya estoy enterada de la caída ginebrina. Estoy enterada de la horrible victoria del aburrimiento sobre el deseo, del ruido de la descarga de la cisterna sobre la pasión, pero no puedo evitar seguir creyendo en ella. El cansancio me invade en el corazón de la noche. Me despierto agotada, soñadora, enamorada.

Hasta esta mañana.

En que todo se derrumba.

No he gritado.

Ni llorado. Ni golpeado las paredes. Ni tampoco me he arrancado el pelo. No lo he roto todo a mi alrededor. No he vomitado. No me he caído en redondo. Ni siquiera he notado que se me acelerara el corazón ni que me mareara.

Aun así, me he sentado en la cama, por si acaso.

Los pequeños marcos dorados con fotos de los niños a todas las edades. La foto del día de nuestra boda, en la mesilla de noche de Jo. Un retrato mío, obra de mamá, en mi lado de la cama; lo pintó en unos segundos sobre un trazo violeta con la acuarela azul que le quedaba en el pincel; tú leyendo, había dicho.

Mi corazón ha permanecido en calma. Mis manos no han temblado.

Me he inclinado para recoger la blusa que se me había caído al suelo. La he dejado a mi lado, encima de la cama. Mis dedos la habían arrugado antes de soltarla. La plancharé después. Debería haberme decidido a comprar el centro de planchado Calor que vi en Auchan a trescientos euros con noventa y nueve, en la posición veintisiete de la lista de mis necesidades.

Ha sido entonces cuando he empezado a reírme. A reírme de mí misma.

Lo sabía.

Ha sido el polvo de yeso sobre la plantilla del zapato lo que me lo ha confirmado, antes incluso de mirar debajo.

Jo había reparado la barra del armario ropero, pero sobre todo había fijado este a la pared porque amenazaba con caerse desde hacía bastante tiempo. Para ello, había hecho dos grandes agujeros en el fondo del armario y en la pared, lo que explicaba el polvo de yeso dentro del armario y sobre mis zapatos.

Una vez sujeto el armario, seguramente había querido limpiar el polvillo blanco de mis zapatos y entonces había encontrado el cheque.

¿Cuándo? ¿Cuándo lo había encontrado?

¿Desde cuándo lo sabía?

¿Lo sabía ya a mi regreso de París, cuando vino a buscarme a la estación? ¿Cuando me había susurrado al oído que se alegraba de que hubiera vuelto?

¿Antes de Le Touquet? ¿Me había llevado allí sabiendo el daño que iba a hacerme? ¿Me agarró de la mano en la playa sabiendo ya que iba a traicionarme? Y cuando, brindando en el restaurante del hotel, expresó ese deseo de que nada cambiara y todo durara, ¿estaba ya riéndose en mis narices? ¿Estaba ya preparando su evasión de nuestra vida?

¿O había sido después, a la vuelta?

No me acordaba del día que había sujetado el armario a la pared. Yo no estaba en casa y él no había dicho nada. El muy cerdo. El muy ladrón.

Llamé a la sede de Nestlé en Vevey, por supuesto.

No había ningún Jocelyn Guerbette.

La recepcionista rio de buena gana cuando insistí, cuando le dije que estaba allí toda la semana haciendo un curso de encargado y jefe de unidad para su fábrica Häagen-Dazs de Arras, sí, sí, Arras, señorita, en Francia, en Pas-de-Calais, código postal 62000. La ha enredado, señora. Esto es la sede de Nestlé Worlwide, ¿cree que aquí hacemos cursos de encargado o de almacenista? Venga, hombre. Llame a la Policía, si quiere, pregúntese si no tendrá una amante, pero, créame, señora, aquí no está. Debió de notar que empezaba a invadirme el pánico, porque hubo un momento en que suavizó el tono y añadió, antes de colgar, *lo siento*.

En la fábrica, el jefe de Jo me confirmó lo que presentía.

Se había tomado una semana de vacaciones y llevaba cuatro días sin ir; tiene que volver el lunes que viene.

Que te crees tú eso. A Jo ya no le ves el pelo. Nadie va a verle el pelo a ese cerdo. Con dieciocho millones en el bolsillo, ha volado. El pájaro ha desaparecido. Ha rascado la última «e» de mi nombre y el cheque ha pasado a estar al suyo. Jocelyne sin «e». Jocelyn Guerbette. En cuatro días, ha tenido tiempo de irse al rincón más recóndito de Brasil. De Canadá. De África. De Suiza quizá. Dieciocho millones, eso pone distancia de por medio entre tú y lo que dejas.

Una distancia de mil demonios, imposible de recorrer.

El recuerdo de nuestro beso, cinco días antes. Lo sabía. Era un último beso. Las mujeres siempre presentimos esas cosas. Es un don que tenemos. Pero no me había prestado atención a mí misma. Había jugado con fuego. Había querido creer que Jo y yo estábamos unidos para siempre. Había dejado que su lengua acariciara la mía con esa increíble dulzura, sin atreverme a dejar hablar esa noche a mi miedo.

Había creído que después de haber sobrevivido a la insoportable tristeza de la muerte de nuestra pequeña, después de las cervezas dañinas, los insultos, la ferocidad y las heridas, el amor brutal, animal, estábamos unidos para siempre, nos habíamos vuelto inseparables, amigos.

Por eso aquel dinero me había aterrado.

Por eso me había callado lo increíble. Había contenido la histeria. Por eso en el fondo no lo había querido. Había pensado que si le daba su Cayenne se iría con él, se marcharía lejos, deprisa, no regresaría. Hacer realidad los sueños ajenos era arriesgarse a destruirlos. Su coche tenía que comprárselo él. En nombre de su orgullo. De su miserable orgullo masculino.

No me había equivocado. Había presentido que ese dinero sería una amenaza para nosotros dos. Que era fuego. Caos incandescente.

Yo sabía, en lo más profundo de mi carne, que, aunque podía hacer el bien, ese dinero también podía hacer el mal.

Daisy tenía razón. «La codicia lo arrasa todo a su paso.»

Yo creía que mi amor era un dique. Una barrera infranqueable. No me había atrevido a imaginar que Jo, mi Jo, me robaría. Me traicionaría. Me abandonaría.

Que destruiría mi vida.

Porque, en definitiva, ¿qué era mi vida?

Una infancia feliz... hasta el corazón de mis diecisiete años, hasta el *Grito* de mamá y un año después el ictus cerebral de papá y sus asombros infantiles cada seis minutos.

Cientos de dibujos y pinturas que representan los días maravillosos; el gran paseo en Citroën Tiburón hasta los castillos del Loira, Chambord, donde me caí al agua y donde papá y otros señores se zambulleron para rescatarme. Más dibujos, autorretratos de mamá en los que está guapa, en cuyos ojos no parece haber habido ningún sufrimiento. Y un cuadro de la gran casa en la que nací, en Valenciennes, pero de la que no me acuerdo.

Mis años de instituto, simples y agradables. Incluso el *no-beso* de Fabien Derôme fue, en el fondo, una bendición. Me enseñó que las feúchas también sueñan con los más guapos, pero que entre ellas y ellos están todas las guapas del mundo, como montañas infranqueables. Así que había intentado ver la belleza allí donde, en lo sucesivo, podía esconderse para mí: en la amabilidad, la honradez, la delicadeza, y encontré a Jo. Jo y su ternura brutal, que atraparon mi corazón, se adhirieron a mi cuerpo y me convirtieron en su mujer. Siempre le fui fiel; incluso los días de tormenta, incluso las noches de tempestad. Lo amaba pese a él, pese a la maldad que deformó sus facciones y le hizo decir cosas tan horribles cuando Nadège murió en el umbral de mi vientre; como si, al asomar la nariz, hubiera olfateado el aire, probado el mundo y decidido que no le gustaba.

Mis dos hijos vivos y nuestro angelito fueron mi alegría y mi melancolía; todavía tiemblo a veces por Román, pero sé que el día que lo hieran y que nadie cure ya sus heridas será aquí a donde vendrá. A mis brazos.

Me gustaba mi vida. Me gustaba la vida que Jo y yo habíamos construido. Me gustaba la forma en que las cosas mediocres se volvieron hermosas a nuestros ojos. Me gustaba nuestra casa sencilla, confortable, acogedora. Me gustaba nuestro jardín, nuestro modesto huerto y los miserables tomates de rama que nos daba. Me gustaba cavar la tierra helada con mi marido. Me gustaban nuestros sueños de las primaveras venideras. Aguardaba con el fervor de una joven madre ser un día abuela; me ejercitaba en la elaboración de tartas generosas, *crêpes* apetitosas, chocolates espesos. Quería de nuevo olores de infancia en nuestra casa, otras fotografías en las paredes.

Un día habría instalado una habitación en la planta baja para papá, me habría ocupado de él y cada seis minutos me habría reinventado una vida.

Me gustaban mis miles de Isoldas de *diezdedosdeoro*. Me gustaba su amabilidad, tranquila y poderosa como un río; regeneradora como el amor de una madre. Me gustaba esa comunidad de mujeres, nuestras vulnerabilidades, nuestras fuerzas.

Me gustaba profundamente mi vida y supe, en el instante mismo en que me tocó, que ese dinero iba a estropearlo todo, ¿y para qué?

¿Para tener más metros de huerto? ¿Unos tomates más gordos, más rojos? ¿Una nueva variedad de mandarinas? ¿Una casa más grande, más lujosa? ¿Una bañera hidromasaje? ¿Un Cayenne? ¿Una vuelta al mundo? ¿Un reloj de oro? ¿Diamantes? ¿Unos pechos de silicona? ¿Una nariz retocada? No, no y no. Yo tenía lo que el dinero no podía comprar sino solo destruir.

La felicidad.

Mi felicidad, en cualquier caso. La mía. Con sus defectos. Sus banalidades. Sus pequeñeces. Pero mía.

Inmensa. Resplandeciente. Única.

De modo que, unos días después de haber regresado de París con el cheque, había tomado una decisión: ese dinero, había decidido quemarlo.

Pero el hombre al que amaba lo ha robado.

No le he dicho nada a nadie.

A las gemelas, que me preguntaron por Jo, les respondí que se había quedado unos días más en Suiza a instancias de Nestlé.

Seguía recibiendo noticias de Nadine. Había conocido a un chico; un hombretón pelirrojo, especialista en animación 3D, que trabajaba en el próximo *Wallace y Gromit.* Se enamoraba despacio, mi pequeña, no quería precipitar nada, me escribió en su último correo, porque si quieres a alguien y lo pierdes, entonces ya no eres nada. Sus palabras salían por fin. Unas lágrimas se agolparon en mis ojos. Le contesté que aquí todo iba bien, que iba a vender la mercería (cierto) y a dedicarme a la web (falso). No le hablé de su padre. Del daño que nos hacía a todos. Y le prometí que iría a verla muy pronto.

Román, como era su costumbre, no daba señales de vida. Me enteré de que había dejado la crepería de Uriage y a la *chica* y que ahora trabajaba en un videoclub en Sassenage. Probablemente con otra *chica.* Es un chico, dijo Mado, los chicos son unos salvajes. Y se le saltaron las lágrimas a ella también, porque pensó en su hija soltera que ya no estaba.

La octava noche de la desaparición de Jo y de mi cheque de dieciocho millones de euros, organicé una fiestecita en la mercería. Vino tanta gente que algunos tuvieron que quedarse en la acera. Anuncié que dejaba la mercería y presenté a la que iba a sustituirme: Thérèse Ducrocq, la madre de la periodista de *L'Observateur de l'Arrageois*. A Thérèse la aplaudieron cuando explicó que en realidad no me sustituiría, sino que «llevaría la tienda en espera de que yo regresara». Jo y yo, precisé a las clientas preocupadas, hemos decidido tomarnos un año sabático. Nuestros hijos ya son mayores. Hay viajes que nos habíamos prometido hacer cuando nos conocimos, países que queríamos visitar, ciudades de las que queríamos disfrutar, y hemos decidido que ha llegado el momento de tomarnos tiempo para nosotros. Se acercaron a mí. Lamentaron la ausencia de Jo. Me preguntaron qué ciudades íbamos a visitar, qué países íbamos a recorrer, qué clima tenían, para regalarnos un jersey, un par de guantes, un poncho; nos ha mimado usted tanto, Jo, durante todo este tiempo, ahora nos toca a nosotras.

Al día siguiente cerré la casa. Le dejé las llaves a Mado. Y las gemelas me llevaron a Orly.

—¿Estás segura de lo que haces, Jo?

Sí. Cien veces, mil veces, sí. Sí, estoy segura de querer dejar Arras, donde Jo me ha dejado. Dejar nuestra casa, nuestra cama. Sé que no soportaría ni su ausencia ni los olores, todavía, de su presencia. El de su espuma de afeitar, el de su colonia, el de su transpiración, el tenue, enterrado en el corazón de la ropa que no se ha llevado, y ese otro más fuerte en el garaje, donde le gustaba hacer pequeños muebles; su olor acre en el serrín, en el aire.

Las gemelas me acompañan lo más lejos posible. Tienen los ojos anegados en lágrimas. Yo intento sonreír.

Es Françoise quien adivina. Quien pronuncia lo inimaginable.

Jo te ha dejado, ¿es eso? ¿Se ha ido con una más guapa y más joven, ahora que va a ser jefe y a conducir un Cayenne?

Entonces mis lágrimas afluyen. No lo sé, Françoise, se ha ido. Debo mentir. Silencio la trampa, la prueba de la tentación. El rompeolas agrietado de mi amor. A lo mejor le ha pasado algo, aventura Danièle con una voz melosa, confortable, ¿no secuestran a la gente en Suiza? Yo he leído que, con los *listings* bancarios y el dinero oculto, ahora aquello es un poco como África. No, Danièle, no lo han secuestrado, me ha apartado de él, me ha extraído, amputado, borrado de él, eso es todo. ¿Y tú no te diste cuenta de nada, Jo? No, de nada. Absolutamente de nada. Como en una película mala. Tu pareja se va una semana de viaje, tú relees *Bella del Señor* mientras esperas su regreso; te haces un tratamiento de belleza: *peeling,* mascarilla, depilación con cera, masaje con aceites esenciales, todo para estar bien guapa, bien suave cuando él vuelva, y de repente sabes que no volverá. ¿Cómo lo sabes, Jo? ¿Te ha dejado una carta, algo? Tengo que irme. No, eso es lo peor, ni siquiera una carta, simplemente nada, un vacío siniestro, sideral. Françoise me abraza. Le hablo un instante al oído, le confío mis últimas voluntades. Llámanos cuando llegues, susurra cuando he terminado. Descansa mucho, añade Danièle. Y si necesitas que vayamos, vamos. Paso los controles. Me vuelvo.

Ellas siguen allí. Sus manos son pájaros.

Luego desaparezco.

No me he ido muy lejos.

En Niza hace un tiempo agradable. Todavía no es la temporada de vacaciones, es ese momento de paso de una estación a otra. Un momento de convalecencia. Voy todos los días a la playa, a la hora en la que el sol da en la espalda.

Mi cuerpo ha recuperado la silueta de antes de Nadine, de antes de las carnes que asfixiaron a Nadège. Soy atractiva, como a los veinte años.

Todos los días, incluso cuando hace poco sol, me pongo crema en la espalda y mi brazo siempre es demasiado corto; y todos los días, en ese momento preciso, mi corazón se acelera, mis sentidos se aguzan. He aprendido a mantenerme erguida, a imprimir seguridad a mi gesto. A quitarle esa confesión de soledad. Me masajeo suavemente los hombros, el cuello, los omóplatos..., mis dedos se entretienen, aunque sin ambigüedad; recuerdo su voz. Sus palabras de hace siete años, cuando vine aquí a salvarme de las maldades de Jo.

Permítame que la ayude.

Pero hoy, a mi espalda, las palabras son las de las cotorras en sus teléfonos móviles, las de los chavales que vienen aquí a fumar y a reír después de clase. Las palabras cansadas de las madres jóvenes, tan solas ya, con sus bebés a la sombra en los cochecitos y cuyos maridos, volatilizados, ya no las tocan; sus palabras saladas, como lágrimas.

Y a media tarde, cuando he contado cuarenta aviones que despegaban, recojo mis cosas y me encamino hacia el estudio que he alquilado en la calle Auguste-Renoir, detrás del Museo de Bellas Artes Jules Chéret, durante unas semanas, el tiempo de convertirme en asesina.

Es un estudio sin gracia en un edificio de los años cincuenta, la época en la que los arquitectos de la Costa Azul soñaban con Miami, moteles y curvas; la época en que soñaban con escapar. Es una vivienda amueblada sin gusto. Son muebles resistentes, sin más. La cama chirría, pero, como duermo sola, el ruido solo me molesta a mí. Desde la única ventana, no veo el mar; únicamente me sirve para poner a secar la ropa. Por la noche llega el olor del viento, de la sal y del gasoil. Por la noche ceno sola, veo la televisión sola y sigo sola durante mis insomnios.

Todavía lloro, por la noche.

Nada más volver de la playa, me ducho, como hacía papá en cuanto llegaba a casa. Pero, en mi caso, no es para deshacerme de los residuos de glutaraldehído. Simplemente, de los de mi vergüenza, mi dolor. De mis ilusiones perdidas.

Me preparo.

Las primeras semanas que siguieron a la desaparición de Jo, había vuelto al centro Sainte-Geneviève. Las monjas dominicas también habían desaparecido; sin embargo, las enfermeras que las sustituían fueron igual de solícitas.

Al dejarme, Jo había sacado de mi interior la risa, la alegría, el gusto por la vida.

Había roto las listas de mis necesidades, de mis deseos y de mis locuras.

Me había privado de esas pequeñas cosas que nos mantienen con vida. El pelaverduras que compraremos mañana en el Lidl. El centro de planchado Calor en Auchan la semana que viene. Una alfombra para la habitación de Nadine dentro de un mes, cuando empiecen las rebajas.

Me había arrebatado el deseo de ser guapa, de ser pícara y buena amante.

Había tachado, eliminado mis recuerdos de nosotros. Estropeado hasta lo irreparable la poesía sencilla de nuestra vida. Un paseo agarrados de la mano por la playa de Le Touquet. Nuestra histeria cuando Román dio sus primeros pasos. Cuando Nadine dijo por primera vez «pipí» señalando a «papá». Risas después de haber hecho el amor en el cámping La Sonrisa. Nuestros latidos acelerándose en el mismo segundo cuando Denny Duquette reapareció ante los ojos de Izzie Stevens en la quinta temporada de *Anatomía de Grey*.

Abandonándome porque me había robado, Jo había destruido todo cuanto quedaba a su espalda. Lo había ensuciado todo. Yo le había amado. Y no me quedaba nada.

Poco a poco las enfermeras me enseñaron de nuevo a disfrutar de las cosas. Como se enseña de nuevo a comer a los niños víctimas de hambrunas. Como se aprende de nuevo a vivir a los diecisiete años cuando tu madre muerta se hace pipí delante de todo el mundo en la acera. Como aprende una de nuevo a verse a sí misma guapa; a mentirse y a perdonarse. Ellas borraron mis pensamientos tristes, iluminaron mis pesadillas. Me enseñaron a situar mi respiración más abajo, en el vientre, lejos del corazón. Quise morir, quise huir de mí. No quise nunca más nada de lo que había sido mi vida. Había pasado revista a mis armas y me había quedado con dos.

Arrojarse a la vía del tren. Cortarse las venas.

Arrojarse desde un puente cuando pasara un tren. No podía fallar. El cuerpo estallaba. Se despedazaba. Se esparcía en un radio de kilómetros. No había dolor. Solo el ruido del cuerpo al hender el aire y el del tren, terrorífico; luego el *ploc* del primero al encontrarse con el segundo.

Cortarse las venas de las muñecas. Porque había algo romántico en ello. El baño, las velas, el vino. Una especie de ceremonial amoroso. Como los baños de Ariane Deume preparándose para recibir a su Señor. Porque el dolor de la hoja en la muñeca es ínfimo y estético. Porque la sangre brota, caliente, reconfortante, y dibuja flores rojas que se abren en el agua y trazan estelas de perfume. Porque no mueres realmente. Te duermes, más bien. El cuerpo resbala, el rostro se hunde y se ahoga en un denso y confortable terciopelo rojo líquido; un vientre.

Las enfermeras del centro me enseñaron a matar simplemente lo que me había matado.

Aquí está nuestro fugitivo.

Se ha acurrucado, se ha encogido. Su frente está pegada a la ventanilla del tren en marcha, cuya velocidad dibuja campos impresionistas y virtuosos. Les da la espalda a los otros viajeros como un niño enfurruñado; no se trata de enfurruñamiento sino de traición, de una puñalada.

Había encontrado el cheque. Había esperado que ella se lo contara. La había llevado a Le Touquet para eso; para nada. Entonces había comprendido a Jocelyne, presentido su necesidad de calma, su ternura por las cosas duraderas. Se había quedado con el dinero porque ella iba a quemarlo. O a donarlo. Miópatas babosos, pequeños de cabeza reluciente con cáncer. Había más dinero del que él ganaría trabajando seiscientos años en Häagen-Dazs. Ahora está sollozando mientras nace la repugnancia hacia sí mismo, mientras se produce la terrible eclosión. Su vecina pregunta en un susurro: ¿se encuentra bien? Él la tranquiliza con un gesto fatigado. La ventanilla del tren contra su frente está fría. Recuerda la mano suave y fresca de Jocelyne cuando la fiebre maligna estuvo a punto de llevárselo. Las imágenes hermosas siempre vuelven a salir a la superficie cuando quisiéramos ahogarlas.

Cuando, al amanecer, el tren llega a Bruselas-Midi, espera a que no quede ningún viajero a bordo para bajar del vagón. Tiene los ojos rojos; como los hombres medio dormidos, apiñados para darse calor en las cafeterías ventosas de las estaciones; los hombres que sumergen *spéculoos* o panecillos redondos en sus cafés densos como el alquitrán. Es el primer café de su nueva vida y no está bueno.

Ha escogido Bélgica porque hablan francés. Es el único idioma que sabe. Y aun gracias. No todas las palabras, le había dicho a Jocelyne cuando le hizo la corte de forma apresurada; ella se había reído y había pronunciado esta: «simbiosis», él había negado con la cabeza, entonces ella le había dicho que era lo que esperaba del amor y sus corazones se habían acelerado.

Camina bajo la llovizna, que le acribilla la piel. Mírenlo, hace muecas, se vuelve feo. Era guapo cuando Jocelyne lo miraba. Tenía el aspecto de Venantino Venantini. Algunos días era el hombre más guapo del mundo. Cruza el bulevar del Midi, recorre el de Waterloo, toma la avenida Louise y la calle de la Régence hasta la plaza Grand-Sablons. Ahí es donde está la casa que ha alquilado. Se pregunta por qué la ha elegido tan grande. Tal vez cree en el perdón. Tal vez cree que Jocelyne irá un día a reunirse con él; que un día comprendemos las cosas que no nos explicamos. Que un día estamos todos reunidos, incluso los ángeles y las hijas muertas. Piensa que debería haber buscado la definición de «simbiosis» en el diccionario, después de tanto tiempo. Pero, por el momento, la excitación puede más. Es un hombre rico. Su voluntad manda.

Compra un coche rojo muy potente y muy caro, un Audi A6 RS. Compra un reloj Patek Philippe con calendario anual y un Omega Speedmaster Moonwatch. Un televisor de pantalla plana de la marca Loewe yla edición de coleccionista de la trilogía *Bourne*. Hace realidad sus sueños. Compra una decena de camisas Lacoste. Unos botines Berluti. Unos zapatos Weston. Unas zapatillas Bikkembergs. Se hace un traje a medida en Dormeuil. Otro en Dior, que no le gusta. Lo tira. Contrata a una mujer de la limpieza para la gran casa. Come en los cafés de los alrededores de la Grand-Place. El Gréco. El Paon. Por la noche, pide que le lleven una pizza o sushi. Vuelve a beber cerveza, de la de verdad; la de los hombres perdidos, la de las miradas turbias. Le gusta la Bornem Triple, le encanta el vértigo de la Kasteelbier, que tiene 11 grados. Se le abotarga la cara. Engorda lentamente. Pasa las tardes en las terrazas de los cafés para intentar hacer amigos. Las conversaciones no abundan. La gente está sola con sus teléfonos. Lanzan miles de palabras al vacío de sus vidas. En la oficina de turismo de la calle Royale le recomiendan un crucero para solteros por los canales de Brujas; hay dos mujeres para veintiún hambrientos; es como una película mala. Los fines de semana va a la costa. En Knokke-le-Zoute, se aloja en el Manoir du Dragon o en La Rose de Chopin. Presta dinero que no vuelve a ver. A veces sale por la noche. Frecuenta clubes. Intercambia besos tristes. Intenta seducir a algunas chicas. Ellas ríen. Las cosas no salen muy bien. Paga muchas copas de champán y a veces puede tocar un pecho, un sexo seco, violáceo. Sus noches son malvas y frías y desencantadas.

Vuelve a casa solo. Bebe solo. Ríe solo. Ve películas solo. A veces piensa en Arras y entonces abre otra cerveza para alejarse de allí, para envolver de nuevo las cosas en una nebulosa.

A veces escoge a una chica en Internet, como se elige un postre de un carrito en un restaurante. La chica va a entregarse en la oscuridad de su gran casa, engulle sus billetes y apenas se la chupa porque no se empalma. Mírenlo cuando ella cierra la puerta: se deja caer al suelo frío, es una tragedia deplorable; se enrosca sobre sí mismo, es un perro viejo; solloza, rezuma miedos y mocos, y de las sombras de su noche ninguna alma caritativa tiende los brazos para acogerlo entre ellos.

Hace diez meses que Jocelyn Guerbette se ha fugado cuando el frío se adueña de él.

Se da una ducha muy caliente, pero el frío sigue ahí. Su piel exuda humo, y sin embargo, tiembla. La yema de sus dedos está azul y arrugada, parece a punto de desprenderse. Quiere volver a casa. Está descosido. El dinero no da el amor. Falta Jocelyne. Piensa en su risa, en el olor de su piel. Le gusta su matrimonio, sus dos hijos vivos. Le gusta el miedo que tenía a veces de que ella llegara a ser demasiado guapa, demasiado inteligente para él. Le gustaba la idea de que podía perderla, le hacía mejor marido. Le gusta cuando ella levanta los ojos de un libro para sonreírle. Le gustan sus manos, que no tiemblan, sus sueños olvidados de diseñadora. Le gusta su amor y su calor, y comprende de pronto el frío, la gelidez. Ser amado calienta la sangre, inflama el deseo. Sale de la ducha temblando. Ya no golpea la pared como hacía no mucho tiempo atrás. Ha logrado someter su dolor por Nadège, ya no habla de eso; ya no le inflige ese daño a Jocelyne.

No abre la botella de cerveza. Le tiemblan los labios. Tiene la boca seca. Mira el gran salón en torno a él, el vacío. No le gusta ese sofá blanco. Esa mesa de centro dorada. Las revistas que nadie lee, puestas para que queden bien. Esa noche ya no le gusta el Audi rojo, el reloj Patek, las chicas a las que pagas y que no te abrazan; su cuerpo abotagado, sus dedos hinchados y ese frío.

No abre la botella de cerveza. Se levanta, deja encendida la lámpara de la entrada por si, por suerte, Jocelyne fuera a buscarlo esa noche, por si, por suerte, fuera objeto de una indulgencia, y sube. Es una escalinata, afloran imágenes de caídas. *Vértigo. Lo que el viento se llevó. El acorazado Potemkin.* Sangre que brota de las orejas. Huesos que se rompen.

Sus dedos se agarran a la barandilla; la idea del perdón no empieza hasta el momento de levantarse.

Sale con destino a Londres. Dos horas de tren durante las cuales sus manos están húmedas. Como cuando acudes a una primera cita amorosa. Cuarenta metros bajo el mar, tiene miedo. Va a ver a Nadine. Al principio ella no quería. Él ha insistido mucho. Casi ha suplicado. Un asunto de vida o muerte. Esa expresión le ha parecido tremendamente melodramática a su hija, pero la ha hecho sonreír, y ha sido por esa sonrisa por donde él se ha colado.

Han quedado en el Caffè Florian, en la tercera planta de los famosos almacenes Harrods. Él llega con antelación. Quiere poder elegir la mesa idónea, el asiento idóneo. Quiere verla llegar. Tener tiempo de reconocerla. Sabe que la pena remodela los rostros, cambia el color de los ojos. Una camarera se acerca. Con un gesto, le indica que no quiere nada. Le avergüenza no poder siquiera decir en inglés: estoy esperando a mi hija, no me encuentro muy bien, señorita, tengo miedo, he cometido una enorme tontería.

Ya ha llegado. Es guapa y delgada, y ve en ella la gracia, la conmovedora palidez de Jocelyne en la mercería de la señora Pillard, en la época en que ni por asomo habría podido imaginar que era un ladrón, un asesino. Se levanta. Ella sonríe. Es una mujer; qué deprisa pasa el tiempo. Le tiemblan las manos. No sabe qué hacer. Pero ella acerca la cara. Lo besa. Hola, papá. *Papá;* hace mil años. Tiene que sentarse. No se encuentra muy bien. Le falta aire. Ella le pregunta si está bien. Él contesta sí, sí, es la emoción. Estoy tan contento. Estás tan guapa. Se ha atrevido a decirle eso a su hija. Ella no se sonroja. Está bastante pálida. Dice: es la primera vez en mi vida que me dices eso, papá, algo tan personal. Podría llorar, pero es fuerte. Es él quien llora, el viejo. Él, quien se agarra. Escúchenlo. Eres tan guapa, hija mía, como tu madre. Como tu madre. La camarera se acerca de nuevo, se desliza, silenciosa; parece un cisne. Bajito, Nadine le dice *in a few minutes, please,* y Jocelyn se da cuenta por la musicalidad de la voz de su hija viva que tiene una oportunidad de hablar con ella y que esa oportunidad es ese momento. Así que se lanza. De cabeza. Le he robado a tu madre. La he traicionado. He huido. Siento vergüenza y sé que para la vergüenza es demasiado tarde. Yo... Yo... Busca las palabras. Las palabras no acuden. Es difícil. Dime qué puedo hacer para que me perdone. Ayúdame. Nadine levanta la mano. Ya está, se acabó. La camarera está allí. *Two large coffees, two pieces of fruit cake; yes madam.* El ladrón no entiende nada, pero le gusta la voz de su hija. Se miran. La pena ha cambiado el color de los ojos de Nadine. Antes, en la época de Arras, los tenía azules. Ahora son grises, un gris lluvioso, una calle secándose. Mira a su padre. Busca en el rostro triste e impreciso lo que su madre amó. Intenta ver los rasgos del actor italiano, su risa clara, sus dientes blancos. Recuerda el bello rostro que la besaba por la noche cuando se iba a dormir; besos de su papá que tenían el sabor de los helados de vainilla, de cookies, de plátano, de caramelo. ¿Se vuelve feo lo bello que has vivido porque la persona que embellecía tu vida te ha traicionado? ¿Se vuelve aborrecible el maravilloso regalo de un niño porque el niño se ha convertido en un asesino? No lo sé, papá, dice Nadine. Solo sé que mamá no está bien; que para ella el mundo se ha venido abajo.

Y cuando añade, cinco segundos después, para mí también se ha venido todo abajo, él sabe que se ha acabado.

Alarga la mano hacia el rostro de su hija; quisiera tocarla, acariciarla una última vez, sentir su calor, pero su mano helada se petrifica. Es una despedida curiosa y triste. Nadine baja finalmente los ojos. Comprende que lo deja marchar sin hacerle la afrenta de mirar huir a un cobarde. Es su regalo por haberle dicho que estaba guapa.

En el tren de vuelta, recuerda las palabras de su madre cuando le comunicaron que su marido acababa de morir de un ataque al corazón en la oficina. ¡Me ha abandonado, tu padre nos ha abandonado! ¡El muy cerdo! Y después, tras el entierro, cuando se enteró de que el corazón le había estallado mientras se lo hacía con la encargada del material, una divorciada glotona, se había callado. Definitivamente. Había guardado las palabras dentro de sí misma, se había cosido la boca y Jocelyn todavía niño había visto el cáncer del mal de los hombres en el corazón de las mujeres.

En Bruselas, va a la librería Tropismes, en la Galería de los Príncipes. Se acuerda del libro del que ella levantaba a veces los ojos para sonreírle. Estaba guapa sumergida en la lectura. Parecía feliz. Pide *Bella del Señor,* elige la edición en rústica, la que ella leía. Compra también un diccionario. Después pasa los días leyendo. Busca la definición de las palabras que no comprende. Quiere encontrar lo que le hacía soñar, lo que le hacía estar guapa y de vez en cuando levantar los ojos hacia él. Quizá veía a Adrien Deume y quizá lo quería precisamente por eso. Los hombres creen que son amables en cuanto Señores, cuando tal vez son simplemente temibles. Escucha los suspiros de la Bella; los apartes de la «religiosa del amor». A veces se aburre con los interminables monólogos. Se pregunta por qué a lo largo de varias páginas no hay puntuación; lee entonces el texto en voz alta y, en el eco del gran salón, su respiración cambia, se acelera; siente de pronto vértigo, como en el momento más apasionante de un rapto; algo femenino, gracioso, y comprende la dicha de Jocelyne.

Pero el final es cruel. En Marsella, Solal le pega a Ariane, la obliga a acostarse con su antiguo amante; la bella es una cortesana sin gracia. Y llega la caída ginebrina. Al cerrarlo, Jocelyn se pregunta si el libro no reafirmaba a su mujer en la idea de que había superado «el tedio y la lasitud» que consumieron a los amantes novelescos y de que, a su manera, ella había alcanzado un amor cuya perfección no estaba en las costuras, los peinados y los sombreros, sino en la confianza y la paz.

Tal vez *Bella del Señor* era el libro de la pérdida y Daniela lo leía para calibrar lo que había salvado.

Ahora él quiere volver. Tiene montones de palabras para ella; palabras que no ha pronunciado jamás. Ahora sabe lo que significa «simbiosis».

Tiene miedo de llamar. Tiene miedo de su propia voz. Tiene miedo de que ella no coja el teléfono. Tiene miedo de los silencios y de los sollozos. Se pregunta si no debe simplemente regresar, llegar esa noche a la plácida hora de la cena, meter la llave en la cerradura, empujar la puerta. Creer en los milagros. En la canción de Reggiani, en la letra de Dabadie, *¿Hay alguien ahí, /sea hombre o mujer? / Desde aquí oigo al perro, /y si no estás muerta, /ábreme sin rencor. / Vuelvo un poco tarde, lo sé*. Pero ¿y si ha cambiado la cerradura? ¿Y si no está? Al final decide escribir una carta.

Cuando, semanas más tarde, está terminada, la lleva a la oficina de Correos de la plaza Poelaert, junto al Palacio de Justicia. Está nervioso. Pregunta varias veces si el franqueo es suficiente. Es una carta importante. Mira la mano que arroja al cesto su carta llena de esperanzas y de comienzos; y rápidamente otras cartas caen, cubren la suya, la asfixian, la hacen desaparecer. Se siente perdido. Está perdido.

Regresa a la gran casa vacía. Solo queda el sofá blanco. Lo ha vendido todo, dado todo. El coche, el televisor, *Jason Bourne,* el Omega, no ha encontrado el Patek, le trae sin cuidado.

Espera en el sofá blanco. Espera que una respuesta se deslice por debajo de la puerta. Espera mucho, mucho tiempo, y no llega nada. Tiembla, y a lo largo de los días que pasan inmóviles, su cuerpo se embota por el frío. Ya no come, ya no se mueve. Bebe unos sorbos de agua al día, y cuando las botellas se vacían, deja de beber. A veces llora. A veces habla solo. Pronuncia los nombres de pila de los dos. Eso era la simbiosis, no la había visto.

Cuando su agonía comienza, es feliz.

En Niza el mar está gris.

Hay oleaje a lo lejos. Encajes de espuma. Algunas velas que se agitan, como manos que piden auxilio pero que nadie llegará a agarrar.

Es invierno.

La mayoría de las contraventanas de los edificios del Paseo de los Ingleses permanecen cerradas. Son como tiritas sobre las fachadas deterioradas. Los viejos están encerrados en sus casas. Miran las noticias en la televisión, las previsiones de mal tiempo. Mastican largo rato antes de tragar. De repente hacen que duren las cosas. Después se duermen en el sofá, con una mantita sobre las piernas y el aparato encendido. Tienen que aguantar hasta la primavera, si no, los encontrarán allí muertos; con las temperaturas de los primeros días de buen tiempo, los olores nauseabundos se insinuarán bajo las puertas, en las chimeneas, en las pesadillas. Los niños están lejos. No llegan hasta que empieza el calor. Cuando pueden disfrutar del mar, del sol, del piso del abuelo. Regresan cuando pueden tomar medidas, planificar sus sueños: ampliar el salón, redecorar los dormitorios, reformar el cuarto de baño, instalar una chimenea, poner una maceta con un olivo en el balcón y un día comer aceitunas de su cosecha.

Hace casi un año y medio, yo estaba sentada aquí, sola, en el mismo lugar, en la misma estación del año. Tenía frío y lo esperaba.

Acababa de despedirme viva, apaciguada, de las enfermeras del centro. En unas semanas, había matado algo de mí.

Algo terrible que llamamos bondad.

Había dejado que me abandonara, como una pústula, como un hijo muerto; un regalo que te hacen e inmediatamente te quitan.

Una atrocidad.

Hace casi dieciocho meses, me había dejado morir para dar a luz a otra. Más fría, más angulosa. El dolor siempre te remodela de un modo curioso.

Y luego había llegado la carta de Jo, pequeño colofón en el duelo de la que fui. Un sobre expedido desde Bélgica; en el reverso, una dirección de Bruselas, plaza Grand-Sablons. En el interior, cuatro páginas de su escritura imperfecta. Frases asombrosas, palabras nuevas, como salidas directamente de un libro. «Ahora sé, Jo, que el amor soporta mejor la muerte que la traición.»* Su escritura perezosa. Al final, quería volver. Simplemente eso. Volver a nuestro hogar. Recuperar la casa. Nuestro dormitorio. La fábrica. El garaje. Los pequeños muebles hechos por él. Recuperar nuestras risas. Y el Radiola y las cervezas sin alcohol y los amigos de los sábados, mis únicos verdaderos amigos. «Y a ti.» Quería recuperarme

---

* Tomado de André Maurois (1885-1967): «El amor soporta mejor la ausencia o la muerte que la duda o la traición».

a mí. Volver a ser amado por mí, escribía, lo he entendido: «amar es comprender»*. Prometía. Conseguiré que me perdones. Tuve miedo, escapé. Juraba. Se desgañitaba. Te amo, escribía. Te echo de menos. Se ahogaba. No mentía, lo sé; pero era demasiado tarde para sus palabras aplicadas y bonitas.

Mis redondeces misericordiosas se habían fundido. El hielo surgía. Cortante.

A la carta, había adjuntado un cheque.

Quince millones ciento ochenta y seis mil cuatro euros y setenta y dos céntimos.

A nombre de Jocelyne Guerbette.

Te pido perdón, eso es lo que decían los números. Perdón por mi traición y mi cobardía; perdón por mi crimen y mi desamor.

Tres millones trescientos sesenta y un mil doscientos noventa y seis euros y cincuenta y seis céntimos le habían dado su sueño y el asco de sí mismo.

Debía de haberse comprado el Porsche, el televisor de pantalla plana, la colección de las películas del espía inglés, un Seiko, un Patek Philippe, un Breitling quizá, brillante, reluciente, unas mujeres más jóvenes y más guapas que yo, depiladas, infladas, perfectas. Debía de haber conocido a malas personas, como sucede siempre cuando tenemos un tesoro: recuerden al gato y la zorra que roban las cinco monedas que Comefuego le había dado a Pinocho. Debía de haber vivido algún tiempo como un príncipe, como siempre deseamos hacer cuando de repente la suerte nos cae del cielo, para vengarnos por no haberla tenido antes, por no haberla

---

* Tomado de Françoise Sagan (1935-2004): «Amar no es solo "querer", es sobre todo comprender». (En Qui je suis?)

tenido en absoluto. Hoteles de cinco estrellas, Taittinger Comtes de Champagne, caviar. Y caprichos, puedo imaginar perfectamente a mi ladrón: no me gusta esta habitación, la ducha gotea, la carne está demasiado hecha, las sábanas pican; quiero otra chica; quiero amigos.

Quiero lo que he perdido.

No contesté jamás a la carta de mi asesino. La dejé caer, escapar de mi mano; las hojas planearon un instante y, cuando tocaron por fin el suelo, quedaron reducidas a cenizas y yo me eché a reír.

Mi última lista.

Ir a la peluquería, hacerme la manicura y depilarme. (Por primera vez en mi vida, que me quite el vello de piernas/axilas/ingles –no todo, ¿eh?– alguien distinto de mí misma, mmm, mmm.)

Pasar dos semanas en Londres con Nadine y su novio pelirrojo.

Darle dinero para hacer su próxima peliculita. (Me ha enviado el guion, basado en una novela corta de Saki, ¡¡¡es genial!!!)

Abrir una cuenta de ahorro para el bribón de mi hijo.

Renovar mi vestuario. (¡¡¡Ahora gasto la 38!!! ¡¡¡Algunos hombres me sonríen por la calle!!!)

Organizar una exposición con los dibujos de mamá.

Comprar una casa con un jardín grande y una terraza desde donde se vea el mar, el cabo Ferrat, y donde papá esté bien. (Sobre todo, no preguntar el precio, simplemente extender el cheque, con desenvoltura:-)

Trasladar la tumba de mamá cerca de mí y de papá. (¿Al jardín de la casa descrita más arriba?)

Darle un millón a una persona cualquiera. (¿A quién? ¿Cómo?)

Vivir con él. (Al lado, para ser precisos.) Y esperar:-(

Y nada más.

He hecho todas las cosas de mi última lista con dos salvedades. Al final me he hecho la depilación de ingles integral –produce un efecto curioso, muy de niña– y todavía no he decidido a quién voy a darle el millón. Espero la sonrisa inesperada, un suceso en el periódico, una mirada triste y bondadosa; espero una señal.

Pasé dos semanas maravillosas en Londres con mi hija. Recuperé los momentos de antes, cuando la crueldad de Jo me hacía refugiarme en su habitación, donde ella me acariciaba el pelo hasta que recobraba la calma de un lago. Ella me encontró guapa, yo la encontré feliz. Fergus, su novio, es el único irlandés de Inglaterra que no bebe cerveza y ese detalle me convierte en una madre satisfecha. Una mañana nos llevó a Bristol, me enseñó el estudio Aardman donde trabajaba; prestó mi rostro a una florista ante la que Gromit pasaba corriendo, perseguido por un perro minúsculo. Fue un día hermoso como la infancia.

Cuando nos separamos en Saint-Pancras, no lloramos. Nadine me dijo que su padre había ido a verla hacía bastante tiempo, que parecía perdido, pero yo no escuché, luego me susurró al oído palabras de madre: te mereces una vida mejor, mamá, eres una buena persona, intenta ser feliz con él.

Él. Mi Vittorio Gassman; hace más de un año y medio que vivo a su lado. Es igual de guapo que el día de nuestro beso en el Negresco, sus labios han conservado el perfume del Orange Pekoe, pero, cuando besa los míos, ahora mi corazón no se acelera, mi piel no se estremece.

Él fue la única isla en mi pena.

Lo había llamado justo después de que el jefe de Jo me hubiera confirmado que había pedido una semana de vacaciones. El día que supe que había sido traicionada. Lo llamé sin creer ni por un instante que se acordaría de mí, quizá no era más que un depredador que adormecía la fidelidad de las mujeres con una taza de té en el bar del Negresco, bajo la deliciosa tentación de decenas de habitaciones libres. Me había reconocido enseguida. La esperaba, dijo. Su voz era grave, serena. Me había escuchado. Había oído mi cólera. Comprendido la mutilación. Y pronunció sus cuatro palabras de saludo: «Permítame que la ayude».

El sésamo que me abría. Me sajaba por fin. Hacía de mí la *Bella* etérea; Ariane Deume al borde del vacío un viernes ginebrino de septiembre de 1937.

Le permití que me ayudara. Me entregué.

Vamos todos los días a la playa y todos los días nos sentamos sobre las incómodas piedras. No he querido sillas bajas de lona ni cojines. Lo quiero todo como en nuestro primer día, el día de mi sueño de posible amante; el día que decidí que ni la maldad de Jo ni mi soledad eran razones suficientes. No me arrepiento de nada. Me había ofrecido a Jo. Lo había amado sin resistencia ni segundas intenciones. Había acabado por encariñarme con el recuerdo de su mano húmeda en la mía durante nuestra primera cita en el bar-estanco Arcades; aún lloraba a veces de alegría cuando cerraba los ojos y oía sus primeras palabras: «Usted sí que es una maravilla». Me había acostumbrado a su olor acre, animal. Le había perdonado mucho porque el amor exige muchos perdones. Me había preparado para envejecer a su lado sin que me hubiera dicho nunca palabras bonitas, una frase florida, ya saben, esas tonterías que hacen acelerarse el corazón de las chicas y que estas sean fieles para siempre.

Había intentado adelgazar, no para que me encontrara más atractiva, sino para que estuviera orgulloso de mí.

Eres muy atractiva, me dice el que disfruta ahora de eso, cuando yo quería estar atractiva para otro, pero a veces me gustaría verte sonreír, Jo. Es un hombre bueno que no ha sufrido la traición. Su amor es paciente.

Sonrío, a veces, por la noche, cuando regresamos a casa, a esta inmensa y preciosa villa de Villefranche-sur-Mer cuya escritura de compra firmé *con desenvoltura,* y el cheque para pagarla, con *desenfado;* cuando veo a papá sentado en la terraza, con la enfermera al lado, a papá mirando el mar y buscando formas en las nubes, con sus ojos de niño: osos, mapas de tierras prometidas, dibujos de mamá.

Sonrío durante seis minutos cuando invento para él una vida nueva en el fresco de la noche.

Eres un gran médico, papá, un investigador emérito; condecorado caballero de la Legión de honor a propuesta del ministro Hubert Curien. Elaboraste un medicamento contra la rotura de aneurisma basado en la enzima 5-lipooxigenasa y estabas en la lista de candidatos para el

Nobel. Incluso habías preparado un discurso en sueco y todas las noches venías a mi cuarto a repetirlo, y tu acento gutural y grave me hacía reír. Pero ese año lo ganaron Sharp y Roberts por su descubrimiento de los genes duplicados.

Eso fue anoche y a papá le gustó su vida.

Esta noche eres un contratenor fantástico. Eres atractivo y las mujeres gritan y sus corazones se embalan. Estudiaste en la Schola Cantorum de Basilea y te hiciste famoso con la ópera *Giulio Cesare in Egitto,* de Händel; sí, y así fue como conociste a mamá. Ella te felicitó después del recital, fue a tu camerino, llevaba unas rosas sin espinas en la mano, lloraba; te enamoraste de ella y ella te acogió entre sus brazos.

Unas lágrimas se agolpan en sus ojos, brillantes, felices.

Mañana te contaré que fuiste el papá más maravilloso del mundo, el más fantástico. Te contaré que mamá te obligaba a ducharte en cuanto llegabas a casa porque temía que el cloruro de dimetil nos transformara en monstruos de *Mi amigo el extraterrestre*. Te contaré nuestras partidas de Monopoly, te diré que hacías trampas para dejarme ganar y te confesaré que una vez me dijiste que era guapa, que te creí y que aquello me hizo llorar.

Sí, sonrío por la noche; a veces.

La casa está en silencio.

Papá duerme en la fresca habitación de la planta baja. La enfermera ha salido con su novio; es un hombretón con una bonita sonrisa, sueña con África, escuelas y pozos (¿un candidato para mi millón?).

Hace un rato, mi Vittorio Gassman y yo nos hemos tomado una infusión en la terraza en penumbra; su mano temblaba en la mía, sé que no soy una persona segura; viento sin duda, una ramita quizá; debo de estar muy intranquila ahora para un hombre, no lo puedo evitar.

Se ha levantado en silencio y me ha besado en la frente: no tardes mucho, Jo, te espero; y antes de ir a esperar en nuestro dormitorio una curación que no se producirá esta noche, ha puesto el CD de esa aria de Mozart que me gusta tanto, al volumen justo para que inunde la terraza pero no despierte al fantástico contratenor, al jugador tramposo de Monopoly y al casi Premio Nobel.

Y esta noche, como todas las noches, en un *playback* perfecto, mis labios abrazan los de Kiri Te Kanawa, articulan las conmovedoras palabras de la condesa Almaviva:

*Dove sono i bei momenti / Di dolcezza e di piacer? / Dove andano i giuramenti / Di quel labbro menzogner? / Perchè mai se in pianti e in pene / Per me tutto si cangiò / La memoria di quel bene / Dal mio sen non trapassò?**

Canto para mí, en silencio, el rostro vuelto hacia el mar oscuro.

Me aman. Pero yo ya no amo.

---

* «¿Adónde han ido los bellos momentos / De ternura y de placer?/ ¿Adónde han ido las promesas / De esos labios mentirosos? / ¿Por qué, si lágrimas y penas se ha tornado todo para mí / Su recuerdo no ha abandonado mi corazón?» (*Las bodas de Fígaro, acto III*).

De mariane62@yahoo.fr
A Jo@diezdedosdeoro.com

Hola, Jo: Soy una seguidora de su blog desde el principio. Me fue de gran consuelo en una época en la que no me sentía muy a gusto con mi vida y me permitió agarrarme a sus hilos de hilvanar y otros trozos de lana Azurite para no caer... Gracias a usted y a sus bonitas palabras, no me derrumbé. Gracias de todo corazón. Ahora me toca a mí estar aquí para usted, si lo desea, si lo necesita. Quería que lo supiera. Mariane.

De sylvie-poisson@laposte.net
A Jo@diezdedosdeoro.com

Me encanta su blog. Pero ¿por qué ha dejado de escribir? Sylvie Poisson, de Jenlain.

P.D.: No digo que los artículos de Mado y Thérèse no estén bien, pero no es lo mismo:-)

De mariedorves@yahoo.fr
A Jo@diezdedosdeoro.com

Hola, Jo: ¿Se acuerda de mí? Me respondió muy amablemente cuando le envié mis deseos de que su marido se recuperara de la gripe HN. Parecía tan enamorada de él que era maravilloso. Mi marido murió hace poco en el trabajo, una hormigonera le golpeó la cabeza y en el cementerio leí sus palabras cuando dice que solo tenemos un amor y el mío era él, mi Jeannot. Lo echo de menos y a usted también. Bueno, la dejo porque estoy empezando a llorar.

De françoise-y-jocelyne@peluestetica arras.fr
A Jo@diezdedosdeoro.com

¡Jo, estás chiflaaaaaada! ¡¡¡Estás loca!!! ¡Loca, superloca y requeteloca! Son fantásticos. ¡Y con las cebollitas pintadas en el techo y los retrovisores cromados no pueden ser más bonitos! Son los Mini más chulos que hemos visto nunca. La gente del barrio cree que es a nosotras a quienes nos tocó la Loto. ¿Te das cuenta? Ahora tenemos pretendientes a patadas, nos mandan flores, poesías y bombones. ¡¡¡Vamos a acabar hechas unas focas!!! Hasta un chaval de quince años se ha enamorado de nosotras y quiere que nos fuguemos los tres juntos. ¡Nos espera todas las noches detrás del campanario con la maleta, imagínate! Una noche nos escondimos para verle la cara y es monísimo. ¡Quince años! ¿Te das cuenta? ¡Y nos quiere a las dos! En su última carta dijo que se suicidaría si no íbamos, es un encanto. La peluquería está siempre llena, hemos tenido que contratar a dos chicas; una es Juliette Bocquet, puede que te acuerdes de ella, estuvo saliendo con Fabien Derôme y las cosas se torcieron porque sus padres creían que la había dejado embarazada; en fin, todo eso pertenece al pasado. El caso es que con los Mini que nos has regalado ahora somos las estrellas de Arras y muy pronto iremos a verte aunque no quieras, te daremos una sorpresa. Bueno, suponemos que sabes lo que le pasó a Jo, que los vecinos avisaron a la Policía por el olor; aquí todo el mundo se quedó de piedra, sobre todo porque se le veía contento, pero nadie habla ya de eso.

Ya son casi las dos; te dejamos, Jo, nos vamos a hacer la Loto y después volvemos a abrir la pelu. Miles de besos y abrazos. Las gemelas.

De fergus@aardman-studios.uk
A Jo@diezdedosdeoro.com

Hi beautiful mamá. Just estas few words para decir ke Nadine está en espera del baby y ke no se atreve decir mu estamos very very happy. Ven pronto ella tendra need you. Warm kisses. Fergus.

De faouz_belle@faouz_belle.be
A Jo@diezdedosdeoro.com

Hola, señora Guerbette:

Soy Faouzia y vivo en Knokke-le-Zoute, donde conocí a su marido. No paraba de hablar de usted, de su mercería y de su web; a veces lloraba y me pagaba para que lo consolara. Yo me limité a hacer mi trabajo y sé que usted no me odiará. Antes de irse, me dio un reloj Patek, y como hace poco me enteré de su verdadero valor, he pensado que debería tenerlo usted. Gracias por decirme dónde puedo enviárselo. Siento mucho lo que le ha pasado. Faouzia.

De maelysse.quemener@gmail.fr
A Jo@diezdedosdeoro.com

Busco hilo de bordar Mouliné gris tórtola, ¿tiene usted? ¿Y sabe si hay talleres de tapicería de ganchillo en la región de Bénodet? Me gustaría aprender. Gracias por su ayuda.

Inspiración para la novela

Grégoire Delacourt

Aquel hombre se acercó a mí, vacilante.

Yo acababa de concluir un debate sobre este libro en una librería, había firmado varios ejemplares, estaba cansado, tenía que volver a la carretera, pensaba marcharme, pero su mirada me detuvo. Una mirada de increíble dulzura, en el límite entre la alegría y la tristeza. Cuando estuvo a menos de un metro de mí, me dio las gracias. «Gracias. Hace casi dos años que mi madre tiene un Alzheimer muy avanzado. Está en una residencia, a pocos kilómetros de aquí. Voy a verla todos los domingos, pero no sé qué decirle. De verdad que no lo sé. Resulta tan difícil... No me reconoce. O bien me toma por su padre o por un viejo tío. Pero desde que leí su libro, *La lista de mis deseos*, sé qué hacer. Como su mercera, le invento vidas y parece feliz, y yo también. Gracias.» Le brillaban los ojos, los míos lloraban.

El encuentro entre un libro y su público resulta extraordinario.

Esa tarde me dije que aquel hombre era la respuesta que buscaba cuando me preguntan por qué escribo. Me gusta pensar que un libro puede cambiar retazos de vida, fragmentos de frases, ayudar a tomar caminos imprevistos.

He escrito este libro porque echo de menos a mi madre. Y aunque nunca fue mercera, hacía labores de punto. Recuerdo capuchas de lana que me caían sobre los ojos o se ceñían como una media, jerséis cuyas mangas eran demasiado largas y la siguiente vez demasiado cortas; ella intentaba adaptarse a la velocidad a la que cambiaba mi cuerpo, y yo sabía que aquellas prendas eran sus brazos, su consuelo. Y más tarde, años después, cuando se fue, quise retenerla.

Seguía ansiando palabras suyas, la mirada que dirigía a las cosas, su melancolía y su alegría. Y creé a Jocelyne Guerbette. En el tiempo que dura un libro me convertí en ella, en ese personaje; soñé para ella un momento en que por fin uno puede decidir su vida. Traté de tejer nuestro vínculo perdido y se convirtió en mercera.

Una mercera que sabía lo que presentía Tomás de Aquino: «La felicidad consiste en seguir deseando lo que se posee».

La pregunta que con mayor frecuencia me han hecho es cómo me las había arreglado para llegar a este punto en el libro: a estar tan cerca de las mujeres, a entenderlas tan bien. La respuesta acabo de explicitarla, radica en esa ausencia. También en los gestos, la benevolencia, el espíritu de las mujeres que me rodean, mi mujer, mis tres hijas; y en tantas otras, que llevan compartiendo mi profesión todos estos años. Quería decirles que las quería, y tal como escribía Sagan y cita Jocelyne en su última carta: «Amar es sobre todo comprender».

Desde el principio, este libro ha sido una alegría.

La alegría de la escritura. La alegría cuando mi editora dio con el título adecuado. La alegría. La alegría el día en que nos enteramos de que harían una película basada en la novela. Que se incorporaría al prestigioso catálogo de Maeva en España y de una treintena de editoriales más en todo el mundo. La alegría con la primera carta de una lectora. La alegría con la décima. Con la centésima. Con la quingentésima. La alegría de los encuentros. Las librerías. Los debates. También la interpelación, un día en uno de ellos: «¿Cómo puede ejercer una profesión tan despreciable –por entonces me dedicaba a la publicidad– y escribir libros tan hermosos?». La alegría una vez más, gracias a Anne, una mujer de setenta y cuatro años, que me escribió: «Jocelyne me ha salvado, sí, sí, había dejado de leer, nada me interesaba ya, me estaba abandonando sin remedio». Y más tarde la alegría de ver y oír ese texto en el teatro, la formidable presencia de la actriz Llum Barrera en el papel de Jocelyne, la alegría de los espectadores.

Me gusta pensar que un libro puede cambiar retazos de vida, el final de una frase, ayudar a tomar caminos imprevistos.

La historia que tenéis en las manos es un éxito, es decir, un extraordinario accidente: se ha producido un encuentro. ¡Cuántas personas, cuántas cosas nos perdemos a diario! Por cuestión de un segundo. Un segundo de descuido. Así que no puedo más que deleitarme. Me habéis hecho feliz. Os doy las gracias. Jocelyne ha conocido a sus lectoras y no se ha separado de ellas desde entonces. Sencillamente, deben de sentirse a gusto juntas.

Ahora que he renunciado a mi mercería, abandonado mis botones, mis cintas de lentejuelas y los cordones cola de ratón, pienso en la mujer que tejía amor para mí.

Confío en que se sienta orgullosa de mi obra.

Agradecimientos

A Karina Hocine, por ser maravillosa.

A Emmanuelle Allibert, la jefa de prensa más cautivadora que conozco.

A Claire Silve, por su revitalizante exigencia.

A Grâce, Sibylle y Raphaële, que fueron las tres primeras amigas de Jocelyne.

A todas las blogueras, las lectoras y los lectores que me animan desde *L'écrivain de la famille,* cuyo entusiasmo y amistad me han insuflado la alegría de este libro.

A todos los libreros que defendieron mi primera novela.

A Valérie Brotons-Bedouk, que me hizo saborear *Las bodas de Fígaro.*

A Dana, por último, que es la tinta de todo.

Y SI PASAS LA PÁGINA, TE INVITAMOS A QUE ESCRIBAS TU LISTA DE DESEOS.

La lista de mis deseos

GRÉGOIRE DELACOURT

La mujer que no envejecía

Aquí puedes comenzar a leer las primeras páginas de su próximo libro

De uno a treinta y cinco

Con un año, aparentaba perfectamente mi edad.

Una encantadora cosita de setenta y cuatro centímetros, dotada de un peso ideal de nueve kilos trescientos, con un perímetro craneal de cuarenta y seis centímetros, cubierto de rizos rubios y un gorrito, cuando soplaba el viento.

Además de la lactancia materna, consumía más de medio litro de leche al día. Mi alimentación se había enriquecido con algunas verduras, hidratos de carbono y proteínas. Para merendar, una compota casera, de vez en cuando con trocitos que se fundían contra el paladar como un sorbete.

Con un año, también di los primeros pasos, una fotografía lo atestigua; y mientras yo brincaba como un cervatillo torpe y tropezaba de vez en cuando por culpa de una alfombra o una mesita baja, Colette y Matisse pasaban a mejor vida, Simone de Beauvoir ganaba el Goncourt y Jane Campion venía al mundo, sin saber que me conmovería treinta y nueve años después, al colocar un piano de cola en una playa de Nueva Zelanda.

Con dos años, mi curva de crecimiento colmó de orgullo a mis padres y al pediatra.

Con tres años, cuatro segundos molares se añadieron en mi boca a mi colección de dientes, que contaba ya con ocho incisivos, cuatro primeros molares y cuatro caninos, aunque mamá prefería seguir moliendo las nueces y las almendras que le pedía, por miedo de que me atragantara.

Medía casi un metro, noventa y seis centímetros para ser exactos, mi peso era notable desde un punto de vista estadístico: catorce kilos repartidos con delicadeza; el perímetro de mi cráneo se establecía en cincuenta y dos centímetros según mi ficha médica, y la estancia de papá en Argelia se prolongaba. Nos enviaba cartas tristes, fotos suyas rodeado de amigos: a veces fuman, a veces ríen, y en otras se les ve melancólicos, tienen veintidós, veinticinco, veintiséis años, parecen niños disfrazados de personas mayores.

Da la impresión de que no envejecerán jamás.

Con cinco años, hacía las cosas que le tocaban a una niña de esa edad. Corría, saltaba, pedaleaba, trepaba, bailaba, tenía las manos ágiles, dibujaba bien, argumentaba, sentía curiosidad por todo, reprendía las palabrotas, me vestía como si tuviera siete años y estaba orgullosa de ello. Se produjo una insurrección en Argel y papá regresó.

Le faltaba una pierna y no lo reconocí.

Con seis años y medio, perdí los incisivos y mi sonrisa oscilaba entre la mueca y la imbecilidad. Dejo a un lado el sabor a hierro en la boca, el ratoncito Pérez, las monedas de un franco debajo de la almohada.

Con ocho años, los documentos indican que medía un metro veinticuatro centímetros de estatura y pesaba veinte kilos. Vestía blusas de punto, faldas de vichí, un vestido sencillo y, los domingos en los que tocaba ir elegante, un vestido de tafetán de seda. Revoloteaban lazos en mi pelo, como mariposas. A mamá le gustaba fotografiarme, decía que la belleza no perdura, que siempre alza el vuelo, como un pájaro que escapa de una jaula, que es importante recordarla; importante agradecerle que nos haya elegido.

Mamá era mi princesa.

Con ocho años, tenía conciencia de mi identidad sexual.

Sabía diferenciar la tristeza de la decepción, la alegría del orgullo, la cólera de los celos. Sabía que me hacía desgraciada que papá siguiera sin atreverse a sentarme en sus rodillas, a pesar de su nueva prótesis. Conocía la alegría cuando él estaba de buen humor; entonces jugaba a ser John Silver el Largo, me narraba los tesoros, los mares y las maravillas. Conocía la decepción cuando él sufría, cuando estaba de mal humor, cuando se convertía en un John Silver el Largo colérico y amenazador.

Con nueve años, aprendí en el colegio cómo se desplazaban y alumbraban los hombres en vísperas de la Revolución, nos contaron la fuga de Gambetta en globo, y que por encima de nuestras cabezas un ruso daba vueltas en el espacio; más tarde daría su nombre a un cráter de doscientos sesenta y cinco kilómetros de diámetro.

Con diez años, parecía rabiosamente una niña de diez años. Soñaba con que me cubriera la frente el flequillo de Jane Banks en *Mary Poppins*, que habíamos ido a ver en familia al cine Le Royal. También soñaba con un hermano o una hermana, pero papá no quería tener más hijos en un mundo que mataba a los niños.

Nunca nos hablaba de Argelia.

Había encontrado trabajo de cristalero, «un equilibrista sobre la escalera», decía riendo, «¡no será una pierna de menos lo que marque la diferencia!». Se caía con frecuencia, echaba pestes contra la absenta, y cada peldaño ascendido significaba una victoria. «Lo hago por tu madre, para que se dé cuenta de que no soy un tullido.» Le gustaba mucho mirar a la gente. Observarla. Lo tranquilizaba comprobar que el dolor estaba por todas partes. Que muchachos de su edad habían regresado de Argelia con heridas incurables, el corazón arrancado, la boca cosida para no hablar, los párpados pegados a fin de no revivir los horrores.

Acristalaba los silencios como se cierran las cicatrices.

Mamá era hermosa.

A veces volvía con las mejillas encendidas. Entonces, John Silver el Largo rompía un plato o un vaso, después se disculpaba por su torpeza entre lágrimas, antes de recoger los añicos de su pena.

Con diez años, medía un metro treinta y ocho centímetros con tres milímetros, pesaba treinta y dos kilos y medio, mi superficie corporal se aproximaba al metro cuadrado, una micra en el universo. Era agraciada, cantaba *Da Dou Ron Ron* y *Be Bop A Lula* en la cocina amarilla para hacerlos reír, y una noche papá me sentó en su única pierna.

Con doce años, comprobé que las areolas se ensanchaban y se oscurecían; noté que dos pezones nacían en mis pechos.

Mamá empezó a llevar faldas que le dejaban al descubierto las rodillas, gracias a una tal Mary Quant, de Inglaterra; no tardaron en revelar sus muslos casi por completo. Tenía las piernas largas y pálidas, y yo rogaba por llegar a tenerlas igual.

Algunas noches no volvía, y papá ya no rompía platos ni vasos.

Su trabajo iba bien. Ya no se encargaba solo de reparar bastidores o sustituir los cristales rotos a causa de una tormenta o un acto malintencionado, sino que ahora colocaba también las ventanas de los chalés modernos que proliferaban en los alrededores de la ciudad y que atraían a nuevas familias, automóviles, rotondas y a algunos ladrones.

Le habría gustado que abandonáramos nuestro piso para instalarnos también nosotros en uno de esos chalés nuevos. «Disponen de jardín y espaciosos cuartos de baño», decía, «así como de cocinas completamente equipadas. Tu madre sería feliz». Era cuanto él esperaba. Entre tanto, había comprado un televisor Grandin Caprice, y ambos veíamos, fascinados, *Le Mot le plus long* y *Le Palmarès des chansons*, sin hablar de ella, sin esperarla, sin alegría.

Luego cumplí trece años.

A principios de verano mamá fue a Le Royal con una amiga a ver la película de un joven cineasta de veintinueve años.

Un hombre y una mujer.

Cuando salió de la sala reía, cantaba, bailaba en la calzada, y un Ford Taunus de color ocre se la llevó por delante.

Acababa de cumplir treinta y cinco años.

Yo creía que ella era inmortal.

Con trece años, envejecí de golpe.

Sentí frío.

La habitación estaba tenuemente iluminada y mamá descansaba en una cama que tenía el aspecto de ser dura; sus piernas largas, su cuerpo, cubiertos con una sábana blanca. La belleza de sus rasgos seguía estando ahí, y sin embargo ella había alzado el vuelo. Más tarde supe lo que hacían los empleados de pompas fúnebres para mantener la imagen de apacibilidad, la ilusión de la vida: inyecciones hipodérmicas mediante jeringuilla, con el fin de restablecer la apariencia natural del rostro mediante el procedimiento de levantar las carnes hundidas, como el lóbulo de las orejas, las mejillas o la barbilla, un procedimiento que también permitía devolver las redondeces al difunto, en el caso de que hubiera adelgazado mucho durante el período anterior a su fallecimiento.

Lo que no era el caso de mamá. Simplemente nos la habían arrebatado. La habían desarticulado.

Papá lloraba; rodeé con mis brazos su gran cuerpo paticojo de pirata. Nos reconfortamos en el silencio.

Yo no lloré porque mamá decía que las lágrimas deforman el rostro.

Más tarde se quitó el abrigo y cubrió con él el cuerpo de mamá. «Aquí va a coger frío», dijo, y fue él quien cogió frío ese día.

Su corazón se convirtió en un guijarro.

Yo no me atrevía a hablarle a mamá en voz alta en aquella habitación horrible; en un rincón en penumbra, había un ramo de flores de plástico, sin perfume, sin rocío, y un cuaderno para escribir gritos que ella no leería. Se oía el estertor entrecortado del aire acondicionado.

Dejé que las palabras golpearan contra mi pecho, se ahogaran en mi garganta y escaparan de mis labios en forma de tenue vaho; después me despedí de ella, como se dice adiós antes de partir a la guerra, y salí a la calle, al ruido de los coches asesinos, la dulzura de la primavera, los olores del verano que ya se anunciaba; y de repente papá se situó a mi lado, inmenso como un roble.

En el café de la esquina pidió una jarra de cerveza que se bebió de un trago, yo tomé una gaseosa con sirope, y él también pidió un *kir*, que dejó sobre la mesa, a ella le encantaba el *kir*, y con la mezcla de la borrachera en ciernes y la pena, soltó: «Que no esté aquí no significa que haya dejado de estar».

Con trece años comprendí lo que significa estar solo.

Más tarde llegó la familia. El hermano de mamá, que vivía en Talloires y preparaba coches para *rallies*. Iba acompañado de una mujer que no era la suya; se parecía a la intérprete de una canción de moda, *La maison où j'ai grandi*, que mamá y yo cantábamos a grito pelado, histéricas, con cucharas de madera como si fueran micrófonos. Llegaron también de Valenciennes los padres de papá, con la piel gris como el cielo del norte, los ojos oscuros como esquisto, agarrados el uno al otro, dos bálanos sobre una roca. Estaban preocupados por su hijo: «No será fácil encontrar a alguien, con una niña y una sola pata, desde luego». «Desde luego», asintió el otro.

Y eso fue todo.

Nuestra familia era una especie en vías de extinción. Una flor que ya no se abría por la mañana.

Se ofreció un vino en casa después del entierro, y unos amigos de mamá trajeron pasteles, recuerdos, porque es necesario rememorar las cosas hermosas si quieres seguir adelante. Seguir vivo.

Marion, con quien mamá había ido a ver la película de Claude Lelouch, me regaló una foto suya. Era una instantánea en color, hecha con esas cámaras nuevas Polaroid. Mamá delante de Le Royal. Mamá que sonríe al objetivo. Mamá con un flequillo pelirrojo y un vestido de Cardin. Mamá dos horas antes del Ford Taunus. Mamá hermosa. Tan hermosa. Inmortalmente hermosa.

Con trece años, comprendí que la belleza no dura.

Con quince años, gracias a Dios, las hormonas adolescentes no afectaban a mi humor, mis estados de ánimo o mi comportamiento.

Por lo tanto, ni era agresiva, ni rebelde, ni estaba sobreexcitada, ni me sentía mal conmigo misma, ni siquiera era hipersensible o llorona, aunque confieso haberme deshecho en lágrimas con el final de *El graduado*, cuando Dustin Hoffman grita: «¡Elaine! ¡Elaine! ¡Elaine!»; pero fue por otros motivos.

Con quince años, me convertí en una adorable jovencita, con la cruel ausencia de mamá, sin sus consejos para vestirme, maquillarme, estrenarme en las primeras depilaciones, saber qué responder y qué no a los hombres de la edad de papá, ávidos, que querían compartir una limonada conmigo; o a los chicos de mi edad, apresurados, encantadores y torpes, que soñaban con lo desconocido, con el azar, con pechos, sobre todo, y tarareaban el último Dylan para fardar: «I'll Be Your Baby Tonight».

Mamá no tuvo tiempo de enseñarme el ansia de los hombres, los suspiros de las mujeres.

Cuatro veranos, cuatro etapas de la vida, cuatro historias de amor.

Es verano en la idílica playa de Le Touquet, situada en la costa norte de Francia. Los protagonistas son dos adolescentes enamorados, una mujer en busca de la felicidad, un ama de casa de vida anodina y una pareja mayor que se ama como el primer día. Sus vidas se cruzan de formas insospechadas hasta que, durante las celebraciones del 14 de julio, el último del siglo xx, el destino escribe un desenlace inesperado.

El autor de *La lista de mis deseos* se reencuentra con su elocuencia, su fantasía y su sensibilidad en este emotivo relato, en el que todos podemos vernos reflejados.

Notre Temps